ジョー・ネッター／著
風間賢二／訳

ブッカケ・ゾンビ
Zombie Bukkake

扶桑社ミステリー
1635

〈作者の言葉〉日本語版刊行に寄せて

日本の読者へ

こんにちは。拙著『ブッカケ・ゾンビ』が日本の素晴らしい出版社から刊行の運びとなり大喜びしています。本書はハチャメチャな変態小説です。語られているのは家族愛とゾンビ、そして言うまでもなく飛び散るザーメン。であるがゆえに、タイトルからも推察できるでしょうが、わたしは、本書がようやく故郷に帰ってきたという思いでいっぱいです。読んでいただいてありがとうございます。その結果、股間が疼いてたまらなくなることを願ってやみません。

謝意

ジョー

この作品はフィクションです。実在する人物・団体・事件とは一切関係がありません。なにやら思い当たる人物や事件が語られているとしても、それは純然たる偶然の賜物です。もちろん、たまたまあなたがゾンビで、しかもブッケられたことがあれば話は別です……となると……その場合は……著者を訴えてください。

ブッカケ・ゾンビ

登場人物

フォーリー・テラキューズ	本書の主人公
ディアドラ	その妻
ジョシー	その娘
エイジャ・ギア	ポルノ・スター
ジュスティーヌ・スティーズ べべ・ジービーズ	アダルト女優
ヴィンス・アレクソン	ビデオ監督
ケヴィン	ビデオの音響スタッフ
デショーン	墓地の管理人
デル	ビデオ撮影に参加した黒人
ロン	ビデオ撮影に参加したオタク系の男
ブライアン ジョン フィル	ビデオ撮影参加者
ステイシー・デイヴィス	市長
レーヴ ブロック ジェイ ジョシュ フランク	市長のスタッフ
ゲイリー	〈ゾンビ処理隊《スクワッド》〉

前戯

男たちであふれかえっていた。しかも見知らぬやつばかり。

フォーリー・テラキューズは初対面の男たちに囲まれ、なんとかして会話についていこうとした。話題はほぼスポーツ。かれはその分野に関する知識に乏しい。そこで適当に相槌《あいづち》をうち、雰囲気にとけこもうとした。

実を言えば、これは何度か足を運んだことのあるバーでの状況と大差ない。ただし今回は、見知らぬ者同士が談笑しているのは真夜中で……場所は墓地だ。

しかも男たちはみな裸で、怒張した男根を誇示している。その光景を思い浮かべてほしい。なかなかの壮観である。頭上の満月《マンゲツ》がおぞましさを増していた。というのも、周囲を見わたせば、満月ならぬ男の尻だらけだったから。

六十人近い野郎どもが歩きまわっている。大半が全裸。なかには下着を身に着けているやつもいるが、それもこの先に用意されている〝お楽しみの大一番〟のときまでだ。

フォーリーは自分の屹立《きつりつ》した逸物を見おろして、興奮と罪悪感のいりまざった妙な心持ちになった。

さかのぼること数日前には、こんなことが自分にできるだろうかと思った。大勢の人前で勃起できる？　そんなのムリ！　といった、いわば希望的観測を抱いていた。そのほうが楽だから。へナチンをしばらくこねくりまわし、文字どおりお役に立てず、申し訳ないと謝罪してから、家族のもとに帰る。安全で穢《けが》れなきわが家に。

しかしながらほんとうのところは、こっそり自宅を脱け出るまえからフォーリーの陰茎はすでに固く膨張していたのである。

第一章

I

「おしゃぶり大好きゴックン娘」。

きわめてありきたりなアダルトサイトだ。フォーリーは薄ら笑いを浮かべて股間のモノを握りながら、うつろな目でモニターを見つめていた。ありえないほど青い瞳のとびきりのブロンドがコンピュータ画面から微笑みかけている。どこから見ても完璧な女。

フォーリーはリンクをクリックしてサイトに入った。すばやくウェブページをスキャンして魔法の言葉を探す。それは画面右上の端に見つかった。「ツアー」だ。リンクをクリックする。たいていのウェブサイトは五分ていど見ただけで法外な料金を請求する。だから写真かサンプル動画をクリックし、股間の伸縮自在の如意棒《にょいぼう》をこすりながらログオフする。フリー・ツアーはそうするのがベストだ。するとたいていある時点で動画のページに行きあたる。そこにはフリー動画のリンクがある。それこそがお目当てのもの。

だが、多くの動画は貼られている写真と一致しない。バナナを股間に自分で挿入して興奮しているブロンドを期待しながらリンクをクリックすると、女がサイトに関する宣伝をかねた与太話を始める。うざっ、おしゃべりはいらねえ、さっさとバナナを突っこめよ。

五ページほどスクロールしたあと、大きく開いた肛門の写真の横にお目当てのリンクを発見した。クリックすると動画が始まった。短い。ほんの十秒ほど。だが、興奮した。ブロンドとブルネットの二人の女性がシックスナインの体位で互いの汁気たっぷりの赤貝をなめあう内容。

フォーリーは音量をいささか下げて陰茎を引き出して、動画のリンクをクリックした。ビデオが始まる。速攻でマウスを右クリックしてリピート再生にセット。ハマグリむしゃむしゃの無限ループ、眼福ものである。

フォーリーはコンピュータの小さなスピーカーの片方を手に取り、左耳に押しあてながら自慰をした。音量を下げているので、そうしないとよがり声が聞こえない。音響は欠かせない。淫らな妄想をよりいっそうかきたてる重要な役割を果たす。

フォーリーの視線がコンピュータの画面と寝室の閉ざされたドアとのあいだをせわしなく行き交う。やがて四度目の動画再生で自分の腹に射精した。自慰の達人として、すでにかれは〈早撃ちマック〉の域に達している。

がむしゃらにセンズリをしたために息があがった。スピーカーをおろし、自分がしでかした腹部の惨状を見おろす。手を伸ばして片方の靴下を脱ぎ、それで腹から白い液体をぬぐう。その靴下をデスクの上のスピーカーの横に投げ落とした。ついで椅子にすわったまま前かがみになって深呼吸をする。するとおなじみの感覚を味わう。ネット・ポルノでマスターベーションをしたあとの満足感ときまり悪さだ。

家のどこかでドアの閉まる音がした。そそくさと背筋を伸ばし、チンコをズボンにしまいこみ、ウェブサイトの隅にある×をクリックした。そのサイトは消えたが、別のサイトがポップアップした。あわててそれを閉じる。するとまた新たなサイトに置き換わる。「うざいポップアップだ」と思いながら、フォーリーは×から×へとクリックしまくる。

廊下をこちらに向かってくる足音が聞こえた。ようやくエロサイトを閉じてデスクトップに戻る。妻と娘の写真がウォールペーパーに設定されている。デスクの下のキーボード・スライダーを前に引き出して股間を覆い、急速に萎えていく陰茎を隠した。ねばついた白い液体が付着している靴下がスピーカーの横にあることに気がついたとき、部屋のドアノブがまわりはじめた。問題の靴下をひっつかんでふりかえり、メジャーリーグのピッチャー並みの剛速球でベッドの下に投げこんだ。

「はい、あなた」妻が寝室に入ってきた。

妻はベッドにブリーフケースを置くと、フォーリーのところにやってきて額にキスをした。彼女のお気に入りの挨拶だ。フォーリーはいやではなかった。かわいらしい行為だし、その唇から愛が放射状に広がっていくのが感じられる。

「早かったね」そう言いながら、フォーリーは少量の精液が片脚を伝い落ちていくのを感じた。

「うん、マイナーさんの物件の取引が成立したの。だから、今日はお祝いするために早くあがっちゃった」

「すごいな、ディアドラ」そう言いながら、妻を誇らしく思った。

フォーリーは心から妻を愛している。そのことは彼女と初めて出会った日から変わらない。およそ十年前のことだ。

かつてフォーリーは、週末に地元のフード・バンクで在庫整理や配送品の荷下ろしをボランティアで手伝ったことがある。恵まれない人々を助けることでよろこびを覚えた。親しみを抱いた。困窮している人々の身になって考えることで、かれは成長した。

フード・バンクに来る人のほとんどが三つのグループに大別できる、とフォーリーはすぐに気づいた。

一つ目のグループ。自分たちが援助を必要としていることを受け止め、感謝の気持ちを抱いている。かれらは来場し、生きるのに必要なぶんだけいただいていく。

二つ目のグループ。支援組織の好意につけこむ。かれらは食料貯蔵室に来て、できるだけ多く略奪していく。一品につき二個もらってよければ、かれらは四個かすめとる。

三つ目のグループ。きまり悪そうな表情をしている。かれらは来ると、きまって自分の足元を見つめ、その場にいる屈辱をかみしめている。

ほとんどの人は、その第三グループから離れて、他の二つのいずれかのグループに移動する。フード・バンクに来ることは、人によっては自尊心の傷つく体験であるにちがいない。人生の落伍者の烙印《らくいん》を押されたような気分。かれらの一挙手一投足に恥辱を見て取れる。

クリームコーンの缶詰を棚に並べているときに、フォーリーの人生は変わった。あともう少しで終わりそうなところで、ふと顔をあげると、彼女が立っているのが目に入った。とても悲しそうで、とほうにくれ、ひとりぼっちのように見えた。そんな表情を、フォーリーはこれまで何度も目にしている。あらゆる点において、彼女は第三グループに属している。穴があれば入って永遠に隠れていたい、人目を避けるためには深淵にでさえよろこんで飛びこむ、そんなふうに見えた。

美人だった。だれの目にも明らかだった。化粧気がなく、スウェット姿でさえ、その美しさは悲哀の幕越しに輝いていた。彼女はうつむけていた顔をあげ、見つめられていることに気づくと、すぐに目をそらした。

フォーリーは缶詰の棚揃えに戻ったが、彼女のことを念頭からふりはらうことができなかった。かれはひどく傷ついている人を見ると、そのときにしていることをやめ、相手を抱きしめて、こう言ってやりたくなる。「だいじょうぶだよ」。

ほんとうにすごいと思う。ささやかな行為なのに、ある人にとって抱擁ほど重要な意味をもつものはない。そのことがフォーリーにはいやというほどわかっていた。

かれはレイプの産物だった。けっして母親に望まれて生まれてきたわけではない。

ゴミ収集作業員がかれを発見した。病院裏のゴミ箱の中で使用済みの針の入った袋の下に埋もれていたのだ。生後三日のことだった。母親がどこのだれかはまったくわからなかった。

これまで一度も家庭や家族を持ったことはない。その結果、三十以上の施設をたらいまわしにされながら成長した。一時的に寝起きする場所は与えられたが、それも施設の人たちにうんざりされるまでのこと。抱擁されたことは何度かあるが、どれも形ばかりのもの——両腕できつくしめつけられただけだ。心のこもった抱擁はめったにない。というわけで、フォーリーはその機会があれば、いつでも抱擁を実行した。

嗚咽《おえつ》が聞こえた。ふりむくと、彼女が背中を向けて通路の端に立っている。乳児用粉ミルクの前だった。フォーリーは立ちあがると、彼女に歩み寄った。相手はできるだけ嗚咽がもれないように努めていた。実際、かすかなすすり泣きにすぎなかった。

「お嬢さん」フォーリーはおだやかに声をかけながら、右手を相手の肩に置いた。彼女は鼻で大きく息を吸いこんで泣くのをやめようとした。かれは相手が緊張して肩の筋肉がこわばるのを感じた。彼女はふりかえって視線を足元に落とした。長いブロンドの髪が垂れさがって顔を覆い隠した。

フォーリーはそっと両手を伸ばし、親指で彼女の髪をかきわけた。さながら魂のカーテンを開けているかのようだった。彼女は泣いて真っ赤になった眼でかれを見あげた。心の傷は深かった。あとで彼女はその痛みを語って聞かせてくれるだろう。そのときはただ、フォーリーの眼に宿っている優しさを見つめるばかりだった。

突然、彼女はフォーリーの胸に倒れかかった。かれが両腕で支えてくれたので、完全に転倒せずにすんだ。涙がかれの胸を覆っている青いエプロンを濡らした。しっかりと抱きしめられながら、彼女は泣いた。数秒後には、フォーリーの眼にも涙があふれだした。それがふたりの友人関係の始まりだった。のちには、より深い男女の関係になった。


「マイナーの物件で手を焼いているみたいだね」と言って、フォーリーは股間の陽物が平常のサイズにまでしぼんでいく時間稼ぎをした。

「そう。だれも買う気にならないわよ、あの人たちの希望価格ではね。売れる見こみなんてまったくなさそう。ぶっちゃけた話、あの物件のまっとうな評価価格より十万ドルほど高くふっかけてるのよ。マジ思ったわ、それじゃあにっちもさっちも行かなくなるって。だから、あの人たちに何度もそう言ってやったの。でも、一ペニーも安くする気はさらさらなかった」

「で、どうなった？　ついに売値を下げることにしたのか？」

「ううん、それがおかしいのよ」彼女は笑った。「今朝突然、物件のことで電話があったの。思ったわ。『かんべんしてよ、また時間の無駄』。ミセス・マイナー、わたしはあなたたちの家を売ることができません、と思わず口に出しそうになった。ところが、かれらはだれか購入する見こみのある相手を見つけたらしかった。で、電話をかけてきたのはその人だったので、いつものように例の家についての詳細などをまじえて御託を並べた。ついで物件を見学するかどうかたずねたら、相手は見ないと答えた。ちょっとうれしかった。だって、おかげで一日を棒にふらずにすんだから。最初にこの物件に関心を持っていただきありがとうございます、なんて決まり文句を言ってたら途中で口をはさまれた」

フォーリーは妻のディアドラが話をつづけるのを待った。ところが彼女はニコッとしただけだった。フォーリーは妻のにこやかな笑みの正体を理解していたし、それが彼女の顔にパッと花開いたのを初めて目にした瞬間から大好きだった。その満面の笑みはいつだって妻をありきたりの美人から絶世の美女に変えた。

「なんて言ったの？」フォーリーは微笑みながらきいた。

「決めた」

「たったそれだけ?」かれは大きな声で笑いながら言った。

「それだけ。『決めた』。冗談かと思った。でもそのとき、マリアがオフィスに入ってきたんだけど、手にファックスを持っていた。電話中に相手が送信してきた書類一式。サイン済み、押印済み、そして契約済み。ほんとシュールだった」

「ほんとだね」フォーリーは立ちあがりながら言った。つい先ほどまで硬直していた肉塊は完全に柔らかくなっていて、もう精液が脚を伝い落ちることもない。両腕を妻の腰にまわし、しっかり抱き寄せて唇にそっとキスをした。「掛け値なしに最高だ、ハニー」

「ジョシーが帰ってくるまで、まだ二、三時間あるわよ。シャワーを浴びてから、二人きりでお祝いができるんじゃないかな」彼女がフォーリーの耳元で色っぽくささやいた。「お望みなら、お尻でやらせてあげる」

フォーリーの陰茎がふたたび充血しはじめた。ヤバいところを目撃されそうになって、うしろめたかった。だがいまや、ウキウキしていた。というのも、一発抜いたばかりだったので、確実に二発目は長持ちするからだ。妻を心ゆくまで快楽にふけらせることができる。彼女には性的欲求を満たす資格がある。一生懸命仕事をして成果をあげたのだから。

Ⅱ

「今日、ジョシーはどんなおかしな話をすることやら」フォーリーはタオルで身体を拭きながら言った。多くの人がそうしたセリフを口にすると、上から目線に聞こえる。しかし、ディアドラにはわかっていた。夫が本心からそう言っていることを。

フォーリーは、娘が毎日、幼稚園でどんなことをしたのか知るのが楽しくてしょうがない。娘の成長と学習能力にはほんとうに驚かされる。娘が数週間前に幼稚園に通い出したとき、かれら夫婦は送迎バスが発車して離れていったあとも、その場に二十分ほどたたずんでいた。娘のために粉ミルクをかきまぜたりオムツを取り替えたりしていたのが、つい昨日のことのようだ。娘のジョシーがもう幼稚園に通う年齢とは！

登園初日の朝、ジョシーは興奮しすぎて、大好きなシリアルにほとんど口をつけなかった。がむしゃらに幼稚園に行きたがった。ディアドラがジョシーに幼稚園に行くための身支度をさせているあいだ、フォーリーはわが娘を眺めていた。

夫婦は、右側に花の絵のある赤いセーターと黒いズボンをジョシーのために選んでおいた。ジョシーがバスルームの鏡の前に置かれた踏み台に立っているあいだ、その背後でディアドラが娘の髪をとかしてからポニーテイルにした。死ぬまで心と脳裏に焼き付いて離れない愛と優しさにあふれた瞬間。

フォーリーも自分の最初の登園日に興奮したことを覚えている。学びの場所に通うのは、成長するということだ。一日中、他の子供たちと遊んでいられる。実に楽しそうに思われた。

しかし、登園初日の半ばをすぎるころには、かれの笑みは消えていた。その最初のすばらしい日から帰宅したときには、幼稚園が嫌いになっていた——いや、端的に言えば——幼稚園がかれを嫌ったようだった。

「今日はフィンガーペインティングをするみたい」ディアドラは頭にタオルを巻きつけながら言った。

「いいね。娘が描いた絵を飾る最適の場所があるよ」

ふたりとも身体を乾かしたあとで服を着た。明日かならず、精液まみれの靴下を洗濯カゴに入れよう、とフォーリーは心に留めた。今日は、そんな危険を冒すことはできない。まだしばらくはネットリしているし、もし妻がクリーニングをする気になったら、驚かせることになるかもしれない。それだけは願い下げだ。〝クリーニングをする〟というフレーズをそっと繰り返しながら、フォーリーはクスクス笑った。〝クンニリングスをする〟とまちがえそうだ。

「なに一人で笑ってるの？」戸口でディアドラがきいた。フォーリーはふりかえって妻を見た。長い歳月を経たいまでも、妻ほど美しい女性とこれまで出会ったことはない、と思った。

「いや、なんでもない。今日、ネットで読んだジョークを思い出しただけだよ」

「ふーん、まだ笑えるなんて、かなりおもしろいのね。教えてよ」

「ぼくは冗談を言うのがヘタだから。いつだってだいなしにする」と言いながら、フォーリーはジョークを必死に探していた。なにか話して聞かせないとだめだ。それまでディアドラは解放してくれないだろう。夫を困らせたいわけではない。いっしょに愉快な気分を味わいたいだけだ。これまですべてをふたりでわかちあってきたように。

「あら、うまいくせに。そんなふうに自分を卑下しないで。早く、教えて」

「よし」フォーリーは冗談を思いついたところで言った。「じゃあ、話すよ。ある男がレストランに入った。最初に目についたのは、スタッフが全員イケてる女性だったこと」

「えっ、その店はガレージバーかなにかだったってこと？」ディアドラは微笑んだ。

フォーリーは微笑み返して、「それを言うならガールズバーじゃないか？」と訂正した。

「うん。そう言いたかったの」

「ガールズバーじゃなかったけど、その種の店だった。ともかく、カウンターのうしろの壁に大きなメニューが張り出されている類の店だ。男はメニューを見はじめた。こう記されている。チーズ・サンドイッチ＝5ドル。手コキ＝10ドル。男は目をこすり、メニューをもう一度見た。たしかにそう記されている。すばやく財布を取り出して中身を調べると、金はじゅうぶんある。そこでカウンターに歩み寄ると、オッパイのでかいセクシーな赤毛がにこやかに迎えてくれて、『はい、イケメンのお兄さん、なににしますか？』と誘惑するように話しかけてきた。『きみが手コキをするのかい？』男はきいた。『ええ、そうよ』彼女は答えながらカウンターに身を乗り出すと、自分の片手を軽く握って上下に振って見せた。そこで男性客はおもむろに言った。『じゃあ、そのクソ汚い手を洗ってから、わたしにチーズ・サンドを作ってくれたまえ』」

ディアドラの表情が崩れた。ついで大きな笑い声が放たれた。フォーリーもいっしょになって笑った。

「すごくおかしい。オチのどんでん返しがいい」ディアドラは平静をとりもどすと、ようやく意見を述べた。

「おもしろいよね、だからいまだに笑いが止まらない」

「どこで読んだの？」

「たまたま見つけたサイト。マジ笑えるジョークが載ってる」

フォーリーはディアドラに嘘をつくのはいやだった。そうすることがあっても、実際には嘘ではないと自分自身を説得する方便を見つけ出すのが常だった。今回の場合は簡単だった。ほんとうにジョークのサイトを閲覧したことがあり、先ほどのジョークもそこで読んだのだ。だから、実際には嘘ではない。

「これからもときどき教えてよ。さっきのジョーク、ほんとうに笑えた」

「そのサイト、ジョークのカテゴリーの〈お気に入り〉に保存されてる」

「あら、いいわね。ジョシーが帰ってくるまでにまだ少し時間がある。そのサイト、見てみたい」ディアドラはそう言いながら部屋に入り、コンピュータの前に腰をおろした。

「コンピュータがこのところずっと調子が変なんだ」フォーリーはコンピュータに向かって猛ダッシュしながら口走った。

ディアドラが帰宅したさい、あせってすべてのポップアップをブロックしたりサイトを閉じたりしたが、閲覧したばかりのサイトはキャッシュにまだ残っている。削除しないとヤバイ。彼女が〈URL〉ボックスをクリックしたら、まだ画面に表示されるだろう。すばやく妻の背後から両手を伸ばし、Ctrl と Alt と Delete のキーを同時に二度押す。その結果、コンピュータはシャットダウンして再起動する。

「最悪ね。修理にださないとだめかしら」妻がきいた。

「いや、スパムメール対策用ソフトを導入すればだいじょうぶ。きみが帰宅したとき、ちょうどそれをやろうとしていたんだ」

「なるほど」彼女は立ちあがりながら言った。「四六時中コンピュータの相手をしているあなたに世話はおまかせする。わたしはリビングでTVを見てるわ。ジョシーがあと三十分ぐらいで帰って来るわよ」

「数分ですむ。終わったらリビングに行く。犯罪ドラマ『ハワイ』を録画しておいた。いっしょに見よう」

「いいわね、ハニー」ディアドラは言いながら前かがみになって、かれにキスをした。「待ってるわ」

妻が寝室から去ったので、フォーリーは安堵のため息をついた。コンピュータの前にすわり、再起動するのを待った。画面が立ちあがったので、ブラウザーのアイコンを右クリックし、「最近閲覧したウェブサイト一覧」の削除ボタンをクリックした。

かくてポルノ・サイトのすべての閲覧履歴は消去された。

Ⅲ

ジョシーは幼稚園から三時四十分に帰ってきた。歌を口ずさみながら玄関に向かって歩道をやってきた。

フォーリーとディアドラは顔を見つめあって微笑んだ。そして頭をそらして眠っているふりをした。フォーリーは高いびきをかいた。

玄関ドアが開いた。

「マミー、ダディ……ただいま」ジョシーが家の中に入ってきた。

ドアを閉めて靴を脱いだ。衝撃が加わると光るタイプの靴。それが玄関に乱雑に置かれて派手に点滅しはじめた。

ジョシーは紫色のバックパックを手にしたまま、リビングに向かって廊下を進んだ。父親のいびきが聞こえたので、音をたてないようにつま先立ちで歩いた。そしてリビングを覗くと、両親がふたりともカウチで寝ているのが目に入った。

ジョシーは足音を忍ばせてリビングに入り、バックパックをコーヒーテーブルに置いた。ついでTVのリモコンを取り、画面をアニメ番組に変えた。それからカウチで寝ている両親のあいだに割りこんだ。そこに居場所をすえると、母親が目を開けて微笑んでいるのに気づいた。ジョシーが微笑み返すと、母親は人差し指を自分の唇にあてて、シーッと言った。それからフォーリーを指さしてささやいた。

「タヌキ寝入りよ。起こして」

「オーケー」ジョシーは声には出さず口だけ動かしながらうなずいた。そしてフォーリーの膝にはいあがり、小さな両手でかれの顔をはさんだ。

「パパの目玉をなめちゃうよ」ジョシーはクスクス笑いながら言うと、舌を突き出してせまってきた。

フォーリーは目を開け、娘の両腕をつかんで持ちあげた。

「そんなことはさせないぞ、チビっ子」かれは娘をゆさぶった。

ジョシーは声をたてて笑い、すぐにディアドラもいっしょになって笑った。

「で、今日の幼稚園どうだった?」フォーリーはようやく娘をおろしながらきいた。

「楽しかったよ。指でお絵描きをしたの。休み時間にはドッジボールをした」と言ったものの、ジョシーの息はまだ少しきれている。笑いすぎたのだ。

「なにを描いたの？」ディアドラがたずねながら前かがみになり、ジョシーの両目にかかっている前髪をかきわけた。

「ヒ・ミ・ツ」ジョシーは答えながら鼻にしわを寄せた。

「その絵は持って帰ってきたの？　それともまだ幼稚園にある？」

「バックバッグに入ってる」

「バックパックのこと？」ディアドラがまちがいを直してあげた。

両親は、ブックバッグあるいはバックパックと呼ぶんだよ、と教えていたのだが、ジョシーはそのふたつをいっしょくたにして口にする。

「うん」ジョシーは訂正されたことなどどこ吹く風といった感じ。

「見てもいい？」フォーリーがきいた。

「ちょっと待って」

ジョシーはバッグの中をあさりはじめた。探し出すのに数秒かかったが、お目当てのものが見つかると、気恥ずかしそうな表情をした。手に紙を持ち、顔には一瞬、おとなじみた不安の色が浮かんだ。

「どうしたの、ねえ？」ディアドラが心配そうにたずねた。

「気にいらないかも。じょうずじゃないから」ジョシーは悲しそうな口調で言った。

「いいから、見せてごらん」フォーリーは娘から紙を取りあげた。

絵は二つ折りにされていた。小さなポスター・サイズの画用紙に描かれていた。フォーリーがそれを見開くと、ディアドラが身を乗り出した。

絵は赤一色で描かれていた。家があり、空には太陽がある。そして家の前には棒人形が三つ立っている。その棒人形たちの正体は一目瞭然。家族の肖像画である。その絵をフォーリーは、これまで自分が目にしてきた偉大な作品の部類に入る傑作だと思った。

「ああ、ハニー。すてき」ディアドラが微笑みながらほめた。

「ほんと？　気にいった？」ジョシーはききながら、自分の絵を見るために前かがみになった。「がっかりするかと思った」

「そんなことないよ、ほんとうによく描けている、ジョシー」フォーリーは絵から視線をそらさずに言った。

「パパとママとわたしとお家《うち》とお日さま」ジョシーは言った。

「すばらしいよ、ジョシー。ほんとうに」

ジョシーはすばやく両親に抱きついた。

親子三人はその晩、夕食にラザーニャを食べた。ジョシーの大好物だ。チーズは多めに、それがジョシーの好み。食事がすんだあと、家族で絵をリビングの暖炉の上に飾った。

ジョシーは満面の笑みをたたえていた。

第二章

I

「ミネソタ州でブッカケ・ビデオ撮影予定、参加希望の男性募集！」

フォーリーは、その投稿メッセージを三度見直してからリンク先をクリックした。

その日、かれはポルノ掲示板を閲覧していた。そこはもっぱら最新ポルノ・サイトの紹介にページが割かれているが、無料の写真や動画も貼ってあるからだ。例によってそれらをオカズに自慰をしようと思い、目を皿のようにして画面を走査していたところ、先の投稿タイトルが目に入ったのである。

「数週間後にロチェスターで撮影されるアダルト・フィルムに出演可能な男性を募集

します。スパンクランド・ピクチャーズは〈ブッカケ〉シリーズ最新作を六月十八日にミネソタ州ロチェスターで撮影します。タイトルは『ゴス・ブッカケ』。主演スターはAV界の伝説、エイジャ・ギア。二年ぶりにエロビデオにお目見えです。活動休止期間中、彼女はメタルバンド〈クリムゾン・ホール〉のメンバーとしてツアーコンサートを行っていました。昨年、知る人ぞ知る隠れた名曲「ヤリマン」を放ったバンドです。

これまでのビデオ・シリーズには次のようなタイトル作品があります。『小妖精ブッカケ』（小人）、『男の娘ブッカケ』（性転換者）、『お釜ブッカケ』（同性愛者）。スパンクランド・ピクチャーズでは撮影のためにあらゆる形とサイズの〝男性〟を求めています。HIV検査のコピーと年齢証明ができるものがないと応募できません。撮影場所は出演決定者のみにお知らせいたします。作品出演に関心を持たれた方はスパンクランド・ピクチャーズのヴィンセント宛555-3698にご連絡ください。冷やかしはご遠慮願います」

フォーリーはその告知文が信じられなかった。冗談の類にちがいない。こんなことがこの界隈で行われたためしはない。お行儀のいい模範的な地域なのだ。町がぜったいに許可するわけがない。

かれはもう一度文章に目をとおして、股間のモノを握りしめた。スパンクランド・ピクチャーズのウェブサイトへのリンクが貼られていた。それをクリックし、目的のサイトに飛んだ。

ページの右上にエイジャ・ギアの写真が載っていて、その下に『ゴス・ブッカケ』と記されている。マジか！　冗談じゃなかった。

エイジャ・ギアはフォーリーお気に入りのポルノ・スターである。めちゃイケてる。女神さま。身長180センチほど、Eカップのオッパイにハーシーズのキスチョコさながらの乳首、髪は赤毛のロング。顔と身体中にピアスをしていて、奇抜なタトゥーもいれている。

エイジャはポルノ業界に二年だけ在籍したのち、音楽活動に専念してしまった。とはいえ、その二年間で多くの作品を残している。その数、百本近く。百合もの、集団強姦もの、二穴同時挿入もの、二本同時膣挿入もの、二本同時肛門挿入もの、その他なんでもかんでもこなしている。ただし、例外がひとつだけある。ブッカケだ。

フォーリーは椅子の背もたれに寄りかかり、両手を後頭部で組んだ。超がつくほどいかしてるエイジャ・ギアがこの町にやってくる。彼女がAV業界を去ったとき、フォーリーはかなり意気消沈した。彼女の新作が発表されるのを、常に心待ちしていた。新しいビデオが発売されると、インターネットで違法無料動画を探して数時間もついやすことがあった。〈クリムゾン・ホール〉のCDを購入して何回かマスをかいたことがあったが、動画のようにはいかなかった。ディアドラとセックスをしたさいに一度、そのCDを流したことがあった。興奮したどころか、罪悪感にさいなまれた。

エイジャが業界に戻ってくるというニュースに頭がクラクラした。フォーリーは壁にかかっている時計を見あげた。そろそろジョシーが幼稚園から帰宅する頃合いだ。実際のところ、いまこのときにも家に入ってくるかもしれない。

しかし、ナニが三コスリ半で発射しそうなほどいきりたっている。膨張したモノを股間から取り出したそのとき、玄関をノックする音が聞こえた。

あわててコンピュータを終了し、天を衝くほどになっている肉柱をあせってズボンにしまいこみ、ノックの音に向かって歩いた。

海綿体はまだ半ば充血状態だったが、フォーリーはノックに応じた。身体をドアの背後に隠して、少しだけ開けた隙間から顔を覗かせた。

「なにか用ですか？」フォーリーは戸口に立っている小柄な男に言った。

「ええ、ちょっといいですか？　わたしはステイシー・デイヴィスの選挙運動員です。

かれは今度の市長選に再出馬するんです。で、投票日にはだれに入れるかもう決めました？」

「えーと、いや。まだです」

好色な肉の塊はもはや萎えきっていた。フォーリーはドアの背後からあとずさって、男を家の中に入れた。

Ⅱ

フォーリーは男の売り込みにできるだけ耳を傾けた。にもかかわらず、そのデイヴィスとやらが当選した暁には市民のだれもが得ることになるすばらしいことを、男が激白しているあいだ、フォーリーは自分の思考が煙突から立ち昇る煙のように宙に漂っていくのがわかった。相手の言っていることを追いかけ、なんとか少し疾走したが、けっきょく追いつけなかった。エイジャのことが頭から離れない。

「というわけで、投票日にはぜひステイシー・デイヴィスに一票お願いします」男は大演説をおえた。十五分の立て板に水のごとき客寄せ口上だった。

フォーリーは口を開けて、たぶんそうしますよ、と言おうとした。そのとき玄関ドアが開き、ジョシーが笑みを浮かべながら入ってきた。

「ただいま、ダディ」ジョシーはバックパックをおろしてカウチの横に置いた。

「おかえり、ハニー」フォーリーは応じた。

「お時間をとらせました」男が立ちあがりながら言った。

フォーリーは男を玄関まで送った。男が自分でドアを開けてから手を差し出してきたので、フォーリーは力強く握った。

「あなたの一票を期待してよろしいですね？」

「もちろんです」フォーリーは言いながら男の手を離した。

「まちがいありませんよ。後悔はさせません。これからはいいことずくめです」

そう言い残して、男は歩道に向かって進んだ。フォーリーは男のうしろ姿を数秒見つめて気づいた。そいつが家にいたあいだじゅう、自分が口にした言葉は最後の「もちろんです」だけだったと。フォーリーは笑ってドアを閉めた。

「ダディ、なにがそんなにおかしいの？　ジョークでも聞いたの？」

「なんでもないよ、ハニー」フォーリーは娘に近寄りながら応えた。

「ふーん」

「今日、宿題はあるのかな？」

「少し」

「じゃあ、こうしようか。パパは電話をしないといけない。そのあいだに宿題をすます、というのはどう？　かたづけたら、アイスクリームを買いに連れて行ってあげる」

「やった！」と叫んで、ジョシーは満面の笑みを浮かべ、手を伸ばしてバックパックを取った。

「重要な仕事の電話なんだ。だから、ちがう部屋でかけていいかな？」

「いいよ」ジョシーは同意しながら、スクールフォルダーを引っ張り出した。

フォーリーはリビングをあとにして寝室に向かった。ドアを閉めると、念のために鍵をかけた。それからデスク上の電話を使った。相手先の電話番号をプッシュしているあいだ、鼓動が早鐘を打ち、息苦しくなった。胸がきつく締めつけられているようで、冷静さを保つために深呼吸をしなくてはならなかった。三回目の呼び出し音で相手が出た。

「はい、スパンクランド・ピクチャーズです。ご用件はなんでしょう？」受話器から甘く優しい声が問いかけてきた。

フォーリーは話そうとして口を開けたはいいものの、動揺して息をのみこんだ。まさか電話口に女性が出るとは思いもしなかった。話そうにも口が紙やすりのように感じられる。両手がひどく震える。舌を前歯と歯茎に走らせて唇が動くように湿らせた。

先方でカチャと音がした。応対に出た女性が通話を切ったのだ。フォーリーは受話器を戻して大きくため息をついた。そして両手で左右のこめかみをもんだ。激しい緊張性頭痛に襲われ始めた。

「クソバカ、なにやってんだ?」フォーリーは自問した。

かれは自分の行動が引き起こした想定外の悪影響について考えた。たんに電話をかけただけなのに、もう自分の出演が決定したと思って緊張しまくった。ぜったいにありえない、自分が採用されるなんて。そう結論づけたところで、ふたたび受話器をとった。つまるところ合格しないのなら、電話したって別に悪いことはない。そこでもう一度電話番号をプッシュした。

「こんにちは、スパンクランド・ピクチャーズです。ご用件をうかがいます」

「えーと……エヘン」フォーリーは咳払いをした。「ミネソタ州で撮影予定のビデオに参加希望の件で話をしたいのですが」

「はい、『ゴス・ブッカケ』ですね。エイジャが業界に戻ってきたなんて夢のようです。すごくセクシーな女性ですよね。出演応募の件に関してはヴィンス・アレクソンがお話をうかがいます。その作品の監督です。いまおつなぎします、よろしいですか?」

「もちろん」フォーリーは応じながら電話のコードを指に巻きつけだしていた。ラインが切り替わり、呼び出し音が聞こえた。六回鳴ったところで相手が出た。

「こんにちは、スパンクランド・ピクチャーズです。ご用件をうかがいます」またもや同じ秘書だ。

「やあ、いまさっきまであんたと話をしていたんだけど、ヴィンスの電話につないでくれたんだよね?」

「はい、いまはオフィスにいらっしゃらないようです。ときどき留守電にするのを忘れて出かけてしまわれるのです。あなたのお名前とご住所を教えていただけるのであれば、伝言をうけたまわります」

フォーリーは個人情報を告げようとしたが、思いとどまった。ポルノ関連企業に電話番号を教えるなんてめっそうもない。家にだれもいないときにメッセージを残されたらどうする? さらにマズイことに、ディアドラが家にいて電話に出たら? 危険を冒すことはできない。この電話のことは忘れてくれと言いかけたとき、秘書がだれかほかの人と話し始めたのが聞こえた。話し声はくぐもっていたので、どんなやりとりがされているのかわからない。かれはまんじりともせずにすわっていて、通話を切ろうとしたとき、秘書が話しかけてきた。

「もしもし、ヴィンス監督でした。ちょうど戻ってきたところです。かれのオフィスにもう一度つなぎます。今度は話ができるでしょう」

「わかりました、ありがとう」と言って、フォーリーは椅子に前のめりになって待った。

しばらくしてヴィンスが向こうの電話口に出た。

「では、あなたは『ゴス・ブッカケ』出演に関心があるんですね？」

「ええ、もっと詳しく知りたいんです、できれば」

「そうですか、情報を与えるまえに、あなたのことを知りたい、いいですか？」

「当然です」

「十八歳、それより上ですか？」

「ええ、三十二歳です」

「けっこう。この二週間以内にＨＩＶ検査は受けた？」

「はい、受けました」

フォーリーはまさにその日、地元から二つ離れた町のクリニックで迅速検査を受けたばかりだった。健康のためであってビデオに出演するためではない、と自分に言い聞かせていたが、いまやそれは自己欺瞞《ぎまん》ではなく本気でそう思っていた。

「で？」

フォーリーは相手の質問の意図がわからなかった。

「えっ、なんですか？」

「検査結果は陰性だった？」

「はい」フォーリーは質問の意味がわかったとたん即答した。「当然ですよね？」

「まあね、でもこの業種にはトチ狂った野郎が多くてね。なんでもかんでもチェックして書き留めておかないとならんのです」

「なるほど。わたしは清廉潔白です」

「既婚者ですか？」ヴィンスがきいた。

この十分ほどで何度目だろうか。フォーリーは言葉を失った。

「結婚しているとみなします」ヴィンスは数秒つづいた沈黙のあとで言った。「いいですか、あなたが妻帯者であろうがなかろうが、わたしには関係ない。はっきり言って、どうでもいい。こっちが知りたいのは、ドンくさいカミさんが撮影現場に現れてわけのわからないことをわめきたてるかどうかなんです。不要なもめごとは避けたい」

「それはだいじょうぶです」フォーリーは言ったが、実際には本来の質問の答えにはなっていなかった。ディアドラにバレたらどうなる？　現場に乗りこんでくるか？　そんなことはないだろう。おれの帰りを家で待っている。ひと悶着あるとしたら、そこでだ。たぶん罵詈雑言《ばりぞうごん》が飛びかったり暴力沙汰になったりはしない。ただ泣かれるだけ……おそらくそれが最悪の事態だ。

「まあ、いいでしょう。で、なにをききたいのです？」

「撮影場所はどこですか、決定している？」

「撮影参加の同意書にサインしたときに教えます。とりあえず言っておきますが、今回のビデオ撮影について町の協力をきちんと取っていないのです。撮影が行われるということさえ報《しら》せていません。町はずれの屋外で深夜に行うつもりですから」

「警察につかまりませんか？　通りすがりの人が目撃して通報するかも」

「そうしたことが起こらないように措置はぬかりありません。さっきも言ったように、頭のおかしいブチギレ女が亭主を尾行して撮影場所で大立ち回りをやらかさないかぎり人目にはつきません。現場は屋外ですが、フェンスはあります。関係者以外の侵入を禁じるための監視もおこたりません。万が一、だれかが来るようなことがあっても、まえもって無線で連絡がくるので、余裕で撤退できます」

まるで戦闘任務《コンバット・ミッション》だ。

「わかりました。撮影日は？」

「金曜日です」

「今週の、それとも来週？」

「今度の金曜日です。二日後の」

ヴィンスは質問にウンザリしはじめているようだ。無理もない。自分は、問い合わせはしたものの、実際にはやってこない有象無象のひとりだと思われている。電話をかけてきて、かれの時間を無駄にする輩《やから》。たぶんそうしたやつらは、電話をかけた時点では出演する気マンマンだが、最終的に腰が引けてしまうのだ。では、自分は？確実に敵前逃亡のひとりだ。本気で出演したかったわけではない。情報がほしかっただけ。フォーリーは少なくとも、自分にそう言い聞かせていた。

「ほかになにか知りたいことは？」ヴィンスがたずねた。すでにこちらでは会話は終わっていますが、といった口調だった。

「とくにたいして。すべて答えていただきました」

「では、まだ興味があるようでしたら、わたしは明日の朝、ロチェスターに飛んで友人の家に滞在し、そこで全員の面接を行います……出演候補者の。運転免許証のコピーとＨＩＶ検査結果を持参してください。そこで書類にサインしてもらったら撮影の場所を教えます。そして現場への入場許可書をわたします」

「わかりました」フォーリーは言った。

「では、住所です。エーベルグ・ドライヴ」そこでヴィンスは急に黙った。「メモしていますか？」

「ちょっと待ってください」フォーリーはペンをつかむふりをした。書き留める気はなかったが、お義理に形だけとりつくった。「どうぞ」

「エーベルグ・ドライヴ・ウエスト４２００。青い家です。通りに駐車して裏口をノックしてください。三時から四時の間に来てください」

「なぜその時間帯に？」フォーリーはきいた。

「友人宅に五十人の男性候補者を一堂に会するわけにはいかない。あやしまれる。できるだけ時間をずらしたい」

「ああ、なるほど。そうしたほうが」フォーリーは話し始めたが、言い終わらないうちに通話を切られた。

フォーリーはジョシーを連れてアイスクリームを食べに出かけ、電話の一件を頭から振り払おうとした。

ふたりはアイスクリーム・パーラーの隅のブースに陣取った。ジョシーはアイスクリーム・コーンを夢中で食べた。

フォーリーはカップに入ったチェリー味のシャーベットを注文した。席についてはじめて気づいた。そのシャーベットの色がエイジャの髪と同じだったと。かれはシャーベットから目をそらしたものの時すでに遅し、股間がうずいていた。

「コーンはどうだい、ハニー?」フォーリーは淫らな想いを払拭しながらきいた。そもそも追い払えると思うこと自体がバカらしい。

「すごくおいしいよ」ジョシーは店内を見わたしながら言った。

フォーリーも店内に視線をめぐらした。そしてカウンターにいるふたりの少女に目がとまった。ともに十代後半のようだ。ブルネットが左側にすわってシェイクをすっている。もうひとりの少女はブロンド。実にきれいな顔をしていて、さながら磁器人形を想わせる。お下げ髪。身体にぴったりフィットした白いTシャツがオッパイの形をくっきりと浮きあがらせている。そのブロンド娘がコーンをなめた。口をコーンから離すと、唇にバニラ・アイスがついていた。それを可憐に突き出された舌が拭い去る。

ブロンドの美少女はフォーリーを見て微笑んだ。そして隣のブルネット娘になにかささやくと、今度はその少女がふりむいてフォーリーを見た。ついで少女たちは声をあげて笑った。

フォーリーは自分のシャーベットを見おろした。少女を盗み見していたのを見破られて気まずかった。顔がそのシャーベットよりも数段赤らんだ。席を立って、すぐにも店から出たかったが、そうは問屋が卸さない。ジョシーがまだアイスクリームを食べている。さらには、肉欲の暴れん棒がすっかり頭をもたげていたからだ。

Ⅲ

「ジョシーは寝た?」フォーリーはその晩、ベッドに腰かけてTVを見ながらきいた。

「ええ」ディアドラは夫の隣にすわった。「すぐに寝ちゃった。『青いクマさんとよろよろウサギさんとの出会い』を十ページも読まないうちに眠った。忙しい一日だったみたい」

フォーリーはチャンネルを替えた。九時のニュースが始まっていた。かれの嫌いなものがひとつあるとしたら、それはニュースを視聴することだった。ニュースを見るとは、基本的には、今なにが起こっているのかをたんにだれかが語って聞かせてくれるだけである。根本的には、新聞を読む行為と同じだが、ちがう気がする。何が起こっているか自ら学んでいる気がするからだ。社会情勢に参加している意識がある。

　さらにはニュース報道を見ることに嫌悪を覚えるのは、夜ごとに出没するニュース・キャスターのニール・ダグラスのせいだ。フォーリーはこれほどのバカタレはいまだかつて見たことがなかった。やつはあまりにも横柄で、おまえらよりおれのほうが賢いことを教えてやるぜといった雰囲気をまとわりつかせている。

「明日、してほしいことがあるんだけど」ディアドラがフォーリーから高慢野郎ニールに対するいまいましい想いを引き離した。

「いいよ、なに？」

「クリーニング店のグリーンに行って、わたしの服を取ってきてくれる？　今日、帰宅途中に出してきたの。明日、自分で受け取れると思って。でも、オフィスで会議があるのを忘れてた。帰宅時間には、店は閉まってるのよ」

「わかった。ぼくが取りに行くよ。旧ドライヴ・インの向かいのリバーデイル・ロードにある店だろ？」

「ちがう。それはタルヴァー。覚えてるでしょ、あの店はわたしのブルーのパンツスーツを紛失したのよ。それ以来、タルヴァーには頼んでいない。グリーンはナインスにあるの、ダヴィーニ店のすぐ隣」

「なるほど。簡単に見つけられるよ」

「ありがとう。それに家の掃除をしてくれて助かるわ。ほんと感謝してるの。帰宅したら、ただすわってくつろぐだけって最高」

「ぼくにできるのは、それぐらいだから。きみは遅くまで外で働いて、ほんとたいへんだよね」

「あなただってしっかり働いている」

「それはない。ただし、下着姿でウェブサイトを立ちあげるのはたいへんだと思うなら、話は別だ」

「たしかに、わたしには無理」

「いや、できるよ。覚えればいい。きみは賢いんだから」

「でも、じっとしているのが苦手なの。いま、なにを作ってるの？」

「地元のコミュニティ・シアターのホームページを作り直してる。自分の手がけたものよりはるかにいいものになるわけじゃないけど、これまでのものよりはるかにいいものができそうだ」

「すてき。今度、その劇場に芝居を見に行きましょうよ」

「それは楽しいかも」

「楽しいと言えば……」ディアドラは上半身を脱いだ。

フォーリーは微笑んだ。

Ⅳ

翌日、フォーリーは車に飛び乗り、自分はたんに妻のクリーニングを取りに行くだけだと言い聞かせた。二十分後、エーベルグ・ドライヴにある家の前に到着した。

ドライヴウェイで車に乗りこむ二人の男に気づいた。かれらは若くて、ニヤついていた。フォーリーは車を駐車場に止めてエンジンをきった。ドライヴウェイに乗り入れたくなかったし、そこで立ち往生をしたくもなかった。通りの駐車場が安全だ。

車から降り、あたりを見まわした。瀟洒《しょうしゃ》な家が建ち並んでいる。芝の手入れは行き届いている。どの家も自分の住居より倍額の価値がありそうだ。そう考えて少しホッとした。この住宅地にどんな人間が住んでいるのか知らないのにもかかわらず。それでもまだいくらか心配だった。たまたま通りかかっただれか知りあいに目撃されるかもしれない。周囲を見わたして、この界隈には自分のことを知っている人間はいないと判断した。どうやら高所得者向けの地域のようだ。

フォーリーは気を取り直してドライヴウェイを進んだ。すてきな二階建ての家だった。建物の右側はバラの茂みになっている。バラの花は満開だった。フォーリーは、帰りに花屋に寄ってディアドラのために黄色いバラを十二本買おうと心に決めた。ふつうなら黄色は友情の印だが、ディアドラはその色が大好きだった。いずれにしろ、黄色こそがふさわしい。それというのもディアドラは妻であり親友でもあったから。

フォーリーはドアにたどりつくとノックした。そして緊張して汗をかきながら、十五秒ほど突っ立っていた。返事がないので、もう一度ノックはせずに踵《きびす》を返して戻ろうとした。返事がないのは、おまえはここに来るべきではなかったという印だと思った。立ち去りかけたとき、ドアが開いた。一瞬思った。このまま脱兎《だっと》のごとく逃げちまおうと。実際には、開かれたドアに顔を向けた。

男がドアを閉じないように押さえて立っていた。典型的なビジネスマンのように見えた。白いワイシャツにネクタイをしめている。そのネクタイは黒地で金色のアクセントが入っていた。

「何か用ですか？」男は言った。

「ああ……わたしは……うーん……ここに、そのう……」フォーリーは言葉を失ったかのようにしどろもどろになった。頰に血が駆けあがってきたのを感じた。手を伸ばし、指で髪をとかした。

「ここにビデオ撮影のために来た？」男はクスクス笑いながら口をはさんだ。

「ええ」フォーリーは答えた。

「落ち着いて、緊張することはない。入って」

フォーリーは家の中に足を踏み入れた。キッチンに六人の男たちが立っていた。

「そこで待っていて。ヴィンスがリビングで面談する」

「わかった」フォーリーは応じた。

「ひとりずつ受けることになる」

「そうですか」

「コーヒーを飲みたければ、勝手にやってくれ」

「オーケー……ありがとう」フォーリーは静かな口調で言った。急に胃が少しムカついてきた。

かれはシンクに行き、窓に目をやった。すぐ外側に鳥の餌箱が吊りさげられている。横で蝶が羽をヒラヒラさせて舞っていた。そのまま宙に少し浮かんでいたと思ったら、飛び去ってしまった。フォーリーはふたたび思った。自分も同じようにしたほうがいいのかも。

窓からふりかえり、コーヒーメーカーのところに行った。その横に発泡スチロール・カップが重ねあげられている。手を伸ばして一個つかんだ。あやうく落としそうになった。両手がひどく震えている。自分を落ち着かせ、ポットを取ってカップにコーヒーを注ぐつもりだった。しかし、両手で持ったカップがブルブル震える。そこで賢明にもカップをカウンターに置いてからコーヒーを入れた。ポットを元に戻し、カップを手にして一口飲んだ。うまい。そして熱かった。口にふくんだときに火傷《やけど》しそうになった。熱は喉を下って胃におさまった。

フォーリーは目の前のステンレス製の冷蔵庫を見つめた。ひところステンレス製の冷蔵庫がほしかった。だが、ディアドラに反対された。ステンレスをきれいに保つことがいかにたいへんか説明された。冷蔵庫を見つめていて、妻の説得がどれほど正しかったのか気づいた。ドアじゅうにたくさんの小さな手形がついている。その手形に囲まれるようにして蝶の絵が貼ってあった。下に「ベス」と名前が記されている。並んで「二年生」とある。帰ってきたら家が見知らぬ男たちであふれているのを目にして、ベスはどう思うだろう、とフォーリーは考えた。どんな反応をするだろう？　自分の娘はここにいる連中と出会わせたくない。かくいう自分もここにいるわけだが……それとこれとは話がちがう。

フォーリーはまわりに立っている連中のことを考えた。ありがたいことに、だれひとりとして話をしたがっているようには見えない。自分はもちろん、そんな気分ではない。するとそのとき、肩をたたかれた。くそっ、と思いながらふりむいた。ありがたいのいい黒人が目の前に立っていた。派手なアロハシャツを着ている。あまりにもケバいので目がチカチカするほどだ。男はニタリと笑った。

「やあ」フォーリーは言った。

「よお」男は返した。

フォーリーは、これはかなり気まずい会話になるぞ、と思いながら相手の次の言葉を待った。数秒が過ぎていくうちに、フォーリーはしだいに確信を抱いた。こいつはおれのことをどういうわけか知っている。ふたりとも何も言わないので、フォーリーはいたたまれない気持ちになった。我慢の限界だ。かれは手を差し出した。

「フォーリーです」

「デルだ」黒人はかれの手を握りながら応えた。

「よろしく」フォーリーはすばやく言葉を放った。

「おれもそこでコーヒーを飲んでもいいか？」

フォーリーは自分が手にしているカップを見てからふりかえり、コーヒーメーカーにちらっと目をやって、ようやく事態を理解した。

「おっと！　ええ。申し訳ない」

「かまわんよ」

フォーリーはシンクに戻り、デルがカップを取るのを見つめた。かれがちょうどポットを手にしたとき、小太りの男がノートブックを持ってキッチンに入ってきた。

「デル」かれはノートブックを見ながら言った。

デルはフォーリーをちらっと見て、肩をすぼめた。

「デルはいるのか？」男があたりを見まわしながら、もう一度言った。

「臆病風に吹かれた弱虫野郎がまたひとり」男はノートブックにチェックを入れながら小声でいった。

「ちょっと待った」デルが前に進み出た。「おれがデルだ」

小太りの男は上から目線のバカにした言葉を口にしてやろうと顔をあげたが、デルの巨体を見るなり、そんな思いは霧消した。

「よし。次はあんたの番だ」

フォーリーはうしろを向いてふたたび窓を見た。ひょっとして蝶が舞い戻って来ているかもしれない。

立って待つこと五分。フォーリーの名前が呼ばれた。蝶や鳥、あるいはどんな生き物の姿も窓の外にはまったく見えなかった。

V

「フォーリー」ヴィンス・アレクソンがコーヒーテーブルに置かれている書類からちらっと顔をあげて言った。

「はい」フォーリーは返事をしながら近づいて片手を差し出した。

ヴィンスはまったくかれを見なかった。書類をパラパラめくっただけ。フォーリーは差し出した手を引っ込めた。

「すわってください」ヴィンスはコーヒーテーブルの端に置かれた椅子を指した。

フォーリーは言われたとおりにした。

「撮影に参加したい？」

「ええ」と答えながら、フォーリーはこみあげる吐き気をなんとか抑えた。

「検査結果を持ってきましたか?」

「はい」フォーリーは紙をポケットから出した。

ヴィンスは顔をあげて手を差し伸べた。フォーリーは検査結果の用紙を手わたした。

ヴィンスはざっと目を通してから、それをテーブルに置いた。ついで青い紙を取り出してフォーリーにわたした。

「許可証です。墓地に入るにはそれが必要です。詳細は裏に印刷されています」

フォーリーは紙を裏返して見た。気絶しそうだ。印刷されている文字と数字が渦を巻いて見える。

「墓地には十一時四十五分から深夜一時のあいだに行くこと。その時間帯ならいつイッてもいい」

ヴィンスは自分の放ったダジャレに声をあげて笑った。だが、フォーリーには受けなかった。吐き気と緊張のあまり冗談に反応するどころではない。

「行くとイク。わかる? ……ああ、気にしないで。ここにサインしてください」

ヴィンスは、クリップボードをフォーリーに向かってテーブルの上を滑らせ、ついでペンを投げてよこした。フォーリーは前かがみになってペンを取り、それから契約書にサインをした。ヴィンスがそれを取り上げるのを見てフォーリーは思った。わが結婚生活、これにて終了。それがわが人生。

「では、また明日」ヴィンスは言った。

フォーリーはかれを見つめた。いまのはなかったことにしてくれ、と言いたかった。全部忘れてくれ、と。実際には、フォーリーは黙って退室した。そのさい、髪を紫色のモヒカン刈りにしている若い男とすれちがった。両目が真っ赤に充血していた。マリファナの鼻を突く匂いが服にまとわりついていた。

「激ヤバ」パンク小僧がそう言いながら通りすぎた。

フォーリーの頭の中ではいくつもの言葉が駆けめぐっていたが、「激ヤバ」はなかった。

Ⅵ

翌日、フォーリーは起きると、日々の決まった仕事をこなした。食器を洗い、掃除機をかけ、おまけに冷蔵庫まできれいに拭いた。いつも家事の分担をこなしていたが、その日は普段より多くのことをした。冷蔵庫がそれだ。先手を打って妻に対する償いをしている、と無意識のうちに悟っていた。浮気をしようと思っただけだが。

冷蔵庫の野菜室をきれいにしているところにジョシーが帰宅した。

「ただいま、ダディ」ジョシーが微笑みながら言った。

フォーリーは驚いて飛びあがった。

「やあ、ハニー」そう言って、かれは腐りかけたリンゴをわきにのけた。「幼稚園はどうだった?」

「サイコー! 今日また、お絵描きしたんだ」

「そうなのか?」フォーリーは立ちあがった。

「うん、そうだよ。見たい?」

「もちろん。ジョシーの絵が大好きだから」

「バックバッグに入ってる。持ってくるね」

ジョシーはキッチンを飛び出した。フォーリーは微笑んだ。そしてシンクの左側にある食器棚を開けて、マンガのキャラクターがプリントされているグラスを出した。それをカウンターに置いてから冷蔵庫に戻る。牛乳パックを取り出し、グラスに注ぐ。カウンターに数滴こぼれた。それを手のひらでぬぐい、ズボンになすりつけたあとで引き出しを開けた。そしてピンク色のへんてこりんに曲がりくねったストローを出した。その奇怪なデザインのストローをグラスに入れたとき、ジョシーがキッチンに戻ってきた。絵をうしろに隠している。

「よし。見せてごらん」

「目をつぶって」ジョシーはニヤリとして言った。

フォーリーは目を閉じた。室内が闇に閉ざされる。娘が前に進み出て、背中に隠し持っている絵を移動させる音が聞こえた。ジョシーは声を押し殺してクスクス笑っている。あきらかに自分の作品に興奮している。

「いいよ。目を開けて」

フォーリーは絵を見た。満面の笑みをたたえた棒人間が描かれていた。上端《じょうたん》に太陽があり、それもまた口が裂けるほど大きな笑みを浮かべている。ジョシーの笑みもそれらに負けていない。

「ああ、ハニー。最高だ。すごくじょうずだね。人もお日様もとってもうれしそうだ」

「うん」

「だれなの?」

「ダディだよ。ひとりぼっちの」

「ほんとうまいよ」フォーリーは娘を抱き寄せた。ジョシーも父親を抱きしめた。

「偉大なる小さな芸術家だ」

「だよね」ジョシーがそう言ったところで抱擁がとかれた。

「牛乳をついでおいたよ」

「わーい、喉がかわいてたんだ」ジョシーは初めにグラスを、次に父親を見ながら、下唇で上唇を覆った。この数か月で娘がするようになった癖だ。季節が寒くならないうちにやめてほしい。唇が荒れてしまうからだ。

「ダディ？」

「なんだい、ハニー？」

「チョコレート・シロップは捨ててないよね？」

「実を言うと……あるよ。牛乳にいれたいの？」

「うんうん」

「わが愛娘のためとあれば」と言って、フォーリーはジョシーの額にすばやくキスをした。それから立ちあがって冷蔵庫に戻り、チョコレート・シロップのボトルを取ってくると、ふたを開けてジョシーの牛乳に入れようとした。

「ダディ、わたしにやらせて？」

フォーリーはボトルを手わたし、娘がそれをきつく握って中身を牛乳に落としこむにまかせた。牛乳が薄茶色に染まっていく。ジョシーはボトルを父親にかえすと、ストローで牛乳をかきまわした。フォーリーがボトルを冷蔵庫に戻しに行っているあいだにグラスはすでに半分からになった。

予見される最大の難問は、いかにして家族に気づかれずに外出するかだ。フォーリーは嘘をつくのがヘタだった。実際、深夜に出かける理由を説明するもっともらしい言い訳を思いつかない。

家族三人そろっていっしょに夕食をとった。そのあいだじゅう、フォーリーの頭の中は深夜脱出のためのあらゆるシナリオが浮かんでは消えた。食事のあとで食器を洗っていると、ディアドラが突っかかってきた。

「なんなのよ?」ディアドラが背後から近づいてきて言った。

フォーリーは洗いかけのグラスをあやうく落としそうになった。

「えっ、どういうこと?」心拍数がいっきに跳ねあがる。

「ただ……あなた、上の空だったから。食事中ほとんどしゃべらなかったし」

「ああ」フォーリーはほっとした。「なんでもないよ。今日一日、気分は上々といった調子じゃなかっただけさ」

「そうなの」ディアドラは背後から抱きつき、フォーリーの胸を愛撫した。「あとで気分は上々にしてあげられるかも」

これは心穏やかではいられない。せっかくのお誘いだが、今晩の外出前には一発抜きたくない。おそらく一度しかない機会を最高のモノにしたいから。

「今晩はダメだ。胃の具合が悪くてムカムカする。ことの最中にゲロっちゃうかも」

「ほんとなの？」ディアドラが耳元で甘えた声を出した。

「うん、今晩はしないほうがいいと思う」

「わかった。好きにして」そう言い残して、妻は立ち去った。

フォーリーはシンクの上方にある窓に目を向けると、嘘ではなくほんとうに少しのあいだ蝶が舞っているのが見えた。まばたきをすると、それは消えていた。

ディアドラは先にベッドに入って寝ていた。フォーリーはいつものように妻の横にもぐりこんだ。普段とちがうと思われるようなことはしたくない。まだ、脱出の言い訳を捻出していなかった。

フォーリーは妻と添い寝をしながら、不安と期待が高まっていくのを感じた。刻一刻と変化していく時計の針を見つめつづけていた。もうじき外出の時間だ。

やがてできるだけこっそりとベッドからはい出た。あと一歩で寝室のドアノブに手が届くというところで妻の声が聞こえた。

「どこ行くの、ハニー？」

フォーリーはあせった。

「あっ、ちょっとトイレに」

「またおなかの調子がよくないの？」

「うん、そう」

「かわいそう。バスルームの薬棚に胃薬があったはず」

「わかった。飲んでみる。ありがとう」

フォーリーは寝室を出た。ドアの外に立った。そのまま一分ほど待つと、妻の寝息は規則正しくなり、かすかないびきさえ聞こえだした。

フォーリーはランドリールームに向かって抜き足差し足で進んだ。そして乾燥機からズボンとシャツを取り出した。それらを身に着けてからふりかえった。

びっくり仰天。ジョシーが目の前に立って寝ぼけまなこをこすっている。

「なにしてるの、ダディ？」

「お洗濯をしてるだけだよ」

「ああ」

「もう夜も遅い、ハニー。ベッドに戻りなさい」

「わかった」

ジョシーは駆け寄ると、フォーリーを引っ張ってかがませてから小さな両腕で思いきり抱きしめた。フォーリーも同じぐらいギュッと抱きしめてやった。

ジョシーは自分の寝室に戻ってドアを閉めた。フォーリーは夫婦の寝室に戻った。ディアドラはまだぐっすり眠っていた。

けっきょく、フォーリーは嘘をつく必要がなかった。ただ黙って外出しただけだった。

第三章

Ｉ

墓地に着くと、黒いレザー・トレンチコートの男に呼び止められた。その男は少なくとも十センチはフォーリーより背が高かった。ちなみに、フォーリーの身長は180センチほどである。

深夜で真っ暗だったにもかかわらず、男はサングラスをして目を隠している。腰から右耳にかけてケーブルが伸びていた。無線機かなにか通信用のものだろう。

「許可証」男は感情をいっさい表さずに言った。

フォーリーはポケットを探って、青い許可証を出した。この二十四時間というもの、かれは、その許可証をバスルームのキャビネットの下に隠していたのだが、やたらと取り出しては見つめて、行くべきかよすべきか考えていた。その許可証を男に手渡すさい、両手が震えた。しばし沈黙があり、男が許可証とフォーリーを交互に見やった。そのあとで男はそばの地面に置いてあったバケツに許可証を落とした。

「両手をあげて。ボディチェックをする」

フォーリーは言われたとおりにした。保安検査が始まった。素早くて機械的だ。

「なにか凶器を携帯してるか？」

「持ってない」

「股間にひとつデッカイものを隠し持っているなんて言わなくてよかったたな。そんな気の利いたつもりのアホなことを口にしていたら、そのブツはもぎ取られていたぞ」

男は検査をつづけた。

「ケイタイを持ってるか？」

「いや。自宅に置いてきた」

「よし。写真撮影はご法度だ。隠し撮りをしようとするやつがいるかもしれないが、禁じられている」

男はチェックをやめた。

「行っていいぞ、ヤリチン。現場は丘の向こうだ」

フォーリーは大きなアイアン・ゲートを足早に通過して墓地に入った。一歩足を踏み出すたびに地面の砂利が音を立てる。十五メートルほど歩いて立ち止まった。

おれはなにをしてるんだ？　とんでもない危険を冒そうとしている。妻と人生、なにもかもを失うぞ。なんのために？　マスかいて若い女の顔にぶっかけるために？　今時分ディアドラは目を覚まし、夫はどこにいるんだろうと思ってるだろう。

夜空を見上げた。満月だった。

おれにはぜったいにできない。ここまで来たけど、すでに後悔している。この先まだつづけられるか？　答えは……無理。これからは心に棘《さげ》の刺さったような痛みを、良心の呵責《かしやく》を感じずに妻を見ることができない。そもそも自分にやりとおせるなんて思ったこと自体がアホらしい。おれは妻を心の底から愛している。実際、ディアドラのいない人生なんて想像できない。朝、自分に寄り添ってくる彼女の姿態。頭をおれの胸に乗せ、乳房を腹に押しつけてくる。そして両脚をおれの脚にからませる。完璧な愛にもつれあうふたり。朝でさえ、脚に押しつけられた妻の性器がまだ昨晩のとろけるような熱を帯びているのを感じる。下唇を噛み、イクときにそっと喘ぐ妻のよがり顔。

それに娘だ……妻は別れるさいには娘を引き取るだろう。となると、朝、幼稚園に行く支度をしている娘の姿を見られないし、午後にはバックパックを背負ったままドアを開けて走り寄って来て、その日一日の出来事を話そうとする娘の顔も見られない。そんなことにはたえられない。おれは身にあまるほどの幸福を手に入れている。それを失ってしまったら、とほうに暮れちまう。もはや生きる意味がない……その原因は？　女の子に顔面シャワーができるチャンスのためにだ。とんだまちがい、アホの極み。でも、相手はただの女の子じゃない。エイジャ・ギアだ――憧れの女。エイジャに会うことを何年も夢見てきた。彼女のことを妄想しながら何度ヌイたことか。その女がこの墓地にいる。目の前の丘を越えたところに。

フォーリーは満月から丘に視線を移した。頂に管理人用の小家屋が見えた。徒歩五分ぐらいの距離だ。つまりここから五分ほどのところにエイジャがいる。

今、彼女は何をしているんだろう？　すでに撮影は始まっているのか？　今この瞬間、男たちが彼女の美しい顔に白濁の液体を噴射しているのだろうか？　あるいは、まだ彼女は待機中なのか？　おれがここに来るのはいけないことだ。それはわかっている。とはいえ、ちょっと丘のてっぺんまで行って、一度だけ彼女を……欲望の対象を……映像でではなくナマで見る、それっていけないことか？　一度だけでもその姿を拝めれば満足するさ。

フォーリーは丘を登り始めた。自身の意志の弱さにほとほとあきれながら、こう自分に言い聞かせた。ここに来たのはまちがいだったが、一度も彼女を見ないで帰るなんて、もっと大きなまちがいだ。

丘を登りながら、フォーリーは砂利道の両側を見た。数多くの墓石が並んでいる。それらにできるだけ目をやらないようにした。この死の場所で、丘の上では生《せい》のすばらしい出来事がある。死者は人間の地上での営みをどこか上のほうから見おろしているのだろうか。そして、どう思っているのだろう。

フォーリーは余計なことは考えず、丘の上の小屋に意識を集中した。頂に到着したとき、いささか息切れしていて心臓が早鐘を打っていた。ふりかえると、あらたに数人の男が大きなアイアン・ゲートのところで中に入る順番待ちをしているのが、肩越しに見えた。

いったい家族持ちは何人いるんだろう？　いったい何人が自分と同じような気分だろう？　こんなことをやりたいなんて病気だろうか？　性的衝動が強すぎるのだ。

フォーリーは前に向き直って家を見た。二階建てのゴシック様式の家屋だった。かなりの年代物で、さながらホラー映画のセットのようだ。かなり不気味だ。内部には明かりがひとつだけ灯っている。前方で話し声がして、ついで物音が聞こえた。

その家の裏手が撮影現場だった。男たちがそこかしこに立っている。全裸のものがいるかと思えばしっかり衣服を着こんでいるものもいる。その中間——下半身だけモロだしのやつもいる。

ひとつの墓石にライトが取り付けられていた。その前に穴が掘られてある。かなり浅い。せいぜい七十センチほど。隣には掘ったあとの土が積まれていて、それにシャベルが突き立てられている。フォーリーは穴からシャベルへ視線を移し、性的な象徴に気づかずにはいられなかった。

うへっ……マジでやる気なんだ。フォーリーはそう思いながら、そわそわした様子で指の関節を鳴らした。

いまだに頭の片隅では、こんなことは巧妙に仕組まれた冗談だと思っている。エイジャ・ギアがここに来るわけがない。周囲に視線を走らせる。どこにもエイジャの姿はない。一目見るだけでいい。そのあとはおとなしく帰る。害はない。下心のない純粋なまなざしだ。

二人の女性がライトの左側に立っていた。ブロンドとブルネット。ブロンドは飾りびょう付きの革のブラにパンティだけのいでたち。髪は肩まで伸びている。ブルネットは角と尻尾のついた赤い悪魔の衣装を着ている。オッパイはモロ出し。胸自体は色鮮やかなタトゥーで覆われていて、突き出た乳首が天を仰いでいる。

フォーリーにはいずれの女性もだれだかわからなかったが、両者ともに魅力的だ。ブロンドとブルネットは少し立ち話をしてから、いっしょに家に向かって歩いた。立ち去るふたりに向かって、男たちが口笛を吹いたり奇声を上げたり叫んだりした。小悪魔女がオッパイをもみあげ唇をなめてみせた。何人かの男のモノが早くも固くなりだした。

ふたりの魅力的な女はステップをあがって家の中に入った。フォーリーは首を伸ばして室内を見ようとした。エイジャがいる場所は、きっとそこにちがいない。

フォーリーは墓に向かって歩いた。そこからならもっとよく家の中の状態を知ることができるかもしれない。上半身を伸ばして垣間見られるように、深く息を吸いこんだ。無駄だった。なにも見えない。

墓の上に立ち、穴の中を見おろした。エイジャはこの穴に全裸ですわりこみ、男たちに顔面シャワーをお見舞いされるのだ。フォーリーの逸物がほんの少しふくらみ始めた。ヤバい、いますぐ帰らないと。

「おい、あんた、撮影現場から離れて。最終チェックをするから」フォーリーの背後で声がした。聞き覚えのある声だったのでふりむいた。

ヴィンス・アレクソンが目の前に立っていた。フォーリーは話しかけようとしたが、ヴィンスにさえぎられた。

「さあ、あんた、どいて。じきにまたここに来るんだし」

フォーリーは墓から離れた。完璧に追い払われた格好。おれはなにを考えてたんだ？　ヴィンスがおれのことを思い出して気軽に話しかけてくれたとでも？　まったくおれのことなんて眼中になかった。撮影に参加するエキストラ野郎どもなんて、ヴィンスにとっては烏合の衆にすぎない。鼻も引っかけない。

Ⅱ

「紳士諸君、こちらに集合してもらえませんか」カーキー色のシャツを着た男が叫んだ。全員がその男のほうへ移動した。「ちょっと聞いてもらいたい。もうすぐ撮影が開始されます」

男たち全員が拍手した。あたりを見まわすと、ほぼ全員の顔がニヤついている。フォーリーは実にちょうどいいときに現場に来たわけだ。なにひとつ見逃すことなく最初から参加できる。

「わたしはケヴィン。今回の撮影の音響スタッフです。なにか質問があれば、いましてください。大声で叫ばないで。両手をあげてもらえば、こっちで指名します。いいですか？」

各自バラバラにうなずいた。

「よかった。では、最初に規則を説明します」

集団につぶやき声が生じた。

ケヴィンが両手をあげて、みんなを黙らせた。

「はい、規則です。あなたたちには行儀よく一列に並んでもらいます。参加人数は全員で……えーと……」ケヴィンは言葉をつまらせ、持っていたクリップボードを見た。「五十四名。だから、列は一時間ほどで消化してほしい。つまり、順番がきたら持ち時間は一分以内ということ。時間内にすませられなかった場合、列の最後尾に戻ってもらいます」

フォーリーの左にいた男が両手をあげた。見れば、バスケのジャージしか身に着けていない。

「はい」ケヴィンが指さして応えた。

「一回で終わり？」

「いや。できるのなら、二回目もありです。その場合も一分ルールは適応されることをお忘れなく……時間内に果たせなかったら、また最後尾に戻って、もう一度挑戦してください。その二回目も不発に終わったら帰宅してもらいます」

「あのマブい女を見ながらイケないようなやつはゲイだぜ」集団のなかから声があがった。

ケヴィンはその意見を無視してつづけた。

「エイジャにさわってはいけません。手はもちろんのこと、ナニで触れることもダメです。許可されているのは、彼女に接近して顔面シャワーをすることだけです。これからエイジャは地面に首までうずめられるので、放射は立ちションスタイルでも両膝をついてでもかまわない。強調しておきますが……両膝をついてヤる場合、ふさわしい距離をとるように。ペニスで彼女に触れた場合、かなり厳しい罰が待っています。だよな、ビル？」

ゲートでチェックをしていた男が前に進み出た。そしてケヴィンを見てうなずくと、かれの横に立って腕を組んだ。

「ほかに質問は？」ケヴィンは集団を見わたした。だれも口を開かない。「よろしい。では、紳士諸君、あなたがたの今宵の介添え役を紹介させてください」

ケヴィンはふりむいて、家のポーチを指さした。

「最初は、三十五作以上のアダルト作品に出演しているスターです。『見よ、肛門』、『精子の境を彷徨う』、そして賞を獲得した『百合の谷間』などで知られる……ジュスティーヌ・スティーズ」

フォーリーはポーチを見わたした。先ほど歩き去ったブロンドの女がポーチからケヴィンに走り寄ってきた。満面の笑みをたたえている。男たちはやんやの喝采《かっさい》を送った。それに応えて、彼女は革製のブラに包まれた巨乳を上下に揺さぶってみせた。

「そしてお次は、アダルト業界ではまだ新人の少女。今回の作品でデビュー二作目となりますが、うけあいますよ、快楽に関してはまったくの素人というわけじゃない。『あなたとわたしはお尻合い、花も恥じらうマン開、女子高生』のスター、べべ・ジービーズ」

胸に派手なタトゥーを入れたブルネットが走ってきた。悪魔の尻尾が上下に揺れている。

男たちがまたもや歓声を放った。

ふたりのセクシーギャルは男連中にお辞儀をしてから向き合い、情熱的なキスをした。フォーリーは自分のモノがこわばるのを感じた。男集団が興奮の坩堝《るつぼ》と化した。

すでに下半身をむきだしにしていた男たちのおおかたが勃起した自分自身を見せびらかした。なかにはいじくりまわしているやつもいる。

「彼女たちにはおさわりしてもいいのか？」集団の中のだれかが大声を発した。

「えーと」ケヴィンは女性たちに向いて言った。「あんたたちが自分で答えたほうがいい」

淫らな女性ふたりはキスをやめると、男集団を誘惑するようなまなざしで見た。

「あんたら、メチャ最高！」ベベは濡れた舌で唇をなめながら言った。

男集団はふたたび盛りあがった。

別の男がケヴィンのところにやって来て、なにやら耳元でささやいた。かれはうなずいた。

「オーケー。みなさん、お待ちかねの時間となりました。このすばらしき宵に、あなたがたがここにいる理由、アルバムを引っさげてのコンサート・ツアーから帰ってきたばかり……」

フォーリーの身体中の神経が期待感にゾワゾワした。

「……三百本以上のＡＶに登場しているスター、ポルノ映画界の六つの賞の最優秀女優賞に輝いた……ご存じ……エロスの女神……カリフォルニア州サクラメントからはるばるやってきた……エイジャ・ギア！」

全員がうしろをふりかえり、拍手が大きくなった。男連中がポーチの近くへ移動した。

だれかに背中をたたかれた。フォーリーはあまりにも夢中になっていたのでふりかえらなかった。

「なにか見えるか？」男がきいた。

「いや」フォーリーは答えた。男はフォーリーの前に出た。フォーリーは自分の横をすり抜けていく男をチラッと見た。そいつは全裸だった。すでにペニスから先走り液が垂れている。フォーリーは立ち去る決心をしたところで、その場に釘付けとなった。

エイジャがローブ姿で玄関から登場したのだ。その美しさにフォーリーの開いた口がふさがらない。息をするのさえ忘れるほど。まばゆい赤毛がだらりと垂れている。その髪の色と合わせた口紅が唇をあざやかに彩っていた。人々は指笛や拍手喝采で出迎えた。フォーリーは他のふたりの女性を一瞥した。ふたりともに笑みを浮かべて、みんなと合わせて拍手をしている。

エイジャは彼女たちの前を通りすぎて、ケヴィンの横に立った。そして注目を浴びながら微笑んだ。十五秒かそこら喝采をつづけさせたあとで、両手をあげて静かにさせた。エイジャはそこに集まっている男たち全員に目を走らせながら立っていた。

「ミセス・ギアからなにか言葉があるようです」ケヴィンがざわめきをうわまわる大声で言った。

フォーリーは前に出た。勃起しているので歩きづらい。エイジャがしゃべった。

「ええと、みんな、今夜は参加してくれてありがとう」

ふたたび歓声が起こった。

「つまり、お目当てはアレでしょ?」

さらに喝采。

「今回の作品は、わたしの初めてのブッカケもの。言っておくけど、そのことを考えただけで、ここ何日も濡れっぱなしなの」

フォーリーがまわりを見ると、男たちがみなハイタッチをしている。実に奇妙な光景だ。なにしろ男たちはチンコをもろ出しにしていたのだから。

「男のミルクセーキ大好き。おいしいから……顔にかけられるの大好き……口の中に……唇に……鼻に……目にぶちまけてほしい。早く男の白いエキスに覆われたい」

ひとりの男が猛烈にオナっているのが、フォーリーの目の片隅に入った。と思ったら、そいつは射精し、白濁の液が前にいた男のズボンの尻にかかった。被害を受けた男は前方のエイジャにうっとり見とれていて、自分の尻の惨状に気づきもしない。

「ということで」エイジャはローブの前をさっと開いた。彼女のロケット型オッパイが突き出された。フォーリーは完璧な乳房だと思っていた。実はそのたわわな果実は完璧なまがいものだったが、そんなことはみじんも感じさせないほど完璧な作り物だった。フォーリーは手を伸ばし、ズボンの上から欲情の肉塊をこすった。エイジャはローブを脱ぎ捨てて丸裸になった。まさに女神だ。

男たちは拍手した。エイジャは踵を返して歩き去った。

「ヤバいな、あの女、超セクシー」男がフォーリーの脇を肘で小突きながら言った。

「よし、では」ケヴィンが言った。「このあと少しして始めます。参加したい人は、向こうの撮影現場に置かれているコーンを先頭にして一列に並んでください」

男どもは、われこそは一番手なり！　とばかりに猛ダッシュした。それも当然だ。一発目を早くすませて回復時間を稼げば、二回戦も夢じゃない。けれど、フォーリーは全力疾走しなかった。自分の番になったときに、エイジャの顔が精液まみれになっているのを見たかったのだ。さらには、時間をかけてがまんをすれば、それだけたっぷり溜まる。精液を立ちションをするように長く噴出してエイジャを窒息させたかった。

フォーリーは先ほどオナって射精したやつを見た。呆《ほう》けた顔をして順番待ちをしている。哀れな野郎だよ。精液を無駄づかいしやがって。運がよくても本番では肉の矛先から数滴こぼれるていどだろう。

Ⅲ

フォーリーは自分の立っている場所から、監督と少しのあいだ話をかわしているエイジャを観察した。

スタッフがエイジャにタバコをくわえさせて、火をつけた。彼女はうまそうに深々とタバコを吸い、煙を深夜の外気に吐き出した。彼女にまとわりつく煙は、さながら天国から降りてきた霞《かすみ》のようだ。

すごくきれいだな、フォーリーはエイジャをじっと見ながら思った。一晩中でも眺めていられる。あきることがない。

「彼女、くわえてる」聞き覚えのある声がした。

フォーリーはうしろをふりむいた。デルが歩いてくる。全裸だ。大きくて黒いペニスがだらりと垂れて揺れている。

「うん、吸ってる」とフォーリー。

「いや、そうじゃなくって……わかってんだろ……くわえて吸ってるのはタバコ」

「ああ、だよな」

「彼女の伝記を読んだけど、タバコはやめたと言ってた」

フォーリーはエイジャに視線を戻した。くわえタバコをしながら、後頭部に手を伸ばして髪をとかしている。

「おれもそう思った」フォーリーはうなずいた。

「禁煙していなくてよかったよ。タバコを吸っているほうがだんぜんイケてる」

「うん」フォーリーはデルの意見に全面的に賛成だった。

エイジャは、これで最後とばかりに大きく煙を吸いこむと、タバコをポイ投げした。それから煙をゆっくりと吹き出しながら、墓前に掘られた穴に降りた。そこにすわりこむと、ちょうど頭ひとつだけ地面から突き出る格好となった。

エイジャはヴィンス監督にうなずいた。

「オーケー。始めろ」ヴィンスが言うと、ふたりの男がシャベルで土を穴に入れ出した。

「まさに汚れ役」デルが言った。

フォーリーはあらためてデルを見た。いま口にしたのはシャレか？　デルの表情は生真面目そのものだった。

「だから顔面シャワーが必要なんだ」フォーリーはとりあえず冗談で返した。

デルは顔をほころばせた。フォーリーもにっこりした。するとデルは、かれの背中をたたいてから列に向かって歩き始めた。

「先にすませたいか？」デルはフォーリーにふりかえりながらきいた。

「いや、おれはあんたのあとからイく。だしヌく気はない。後悔先に立たず」

デルはフォーリーをちょっと見つめてから口元をほころばせた。

「うまいぞ、相棒。センスあるな」デルはフォーリーをほめたたえた。

フォーリーは会釈《えしやく》で返し、墓に向き直った。すでに男たちが穴を埋めおえていた。頭部だけ地上に残して生き埋めになっているエイジャ。これがエロビデオの撮影風景だとわかっているからエロチックに見えるが、さもなければ不気味きわまりない。

列に並んでいる男連中に視線を転じる。ほぼ全員が全裸。まだシャツを着ているやつもいないわけではない。みな突っ立ってマスをかいている。なんともはやおぞましい……が、自分もじきにそのひとりとして参加することになる。

ジュスティーヌが列の先頭でひざまずいていた。それを三人の野郎が取り囲んでいる。彼女は、一本を口にくわえてしゃぶり、もう二本には手でセンズリを施している。さらに列に視線を走らせると、ベベが真ん中にいた。ジュスティーヌと同じサービスを男たちにしている。

「オーケー」ヴィンス監督が声を張りあげた。「アクション！」

列の先頭にいた男が墓石に近づき、エイジャの頭部をまたぐようにして立った。彼女は顔を仰向けて唇をなめた。そして口を動かしているのは見えるが、なにを言っているのかはわからない。

するとなんの前触れもなく、ザーメンがエイジャの上向いた顔に放射された。その美しさに、フォーリーは息をのんだ。欲情の液体を噴出させた当人は最後の数滴をしぼりだしてから、その場を離れた。

「イエーイ、あのゲス女の顔を真っ白に塗りたくれ！」順番待ちをしている列の向こう側からだれかが叫んだ。

ヴィンス監督がカメラの背後から顔をあげて音響係のケヴィンに合図した。

フォーリーは視線をめぐらし、叫び声の発信元をつきとめた。ポーチの前に立っている年老いてやせこけた不快な野郎だ。通りで見かけたらかかわりあいたくない類の男。見た目が薄気味悪いからではない。その男は実際に気味悪かったが。正常とは思えないからだ。子供を遠ざけておきたい類の相手である。

その年老いた男は裸になっていたが、黒い靴下だけは履いている。そして白髪が突っ立っていた。同様にチンコも。男は両手をこすりあわせて唇をなめた。

「あのクソ女に化粧をしてやれ！」なにやらまっとうではない老人は叫んだ。

ケヴィンは、その老人がちょうどポーチから足を踏み出したときに到着した。

「デショーン、撮影のあいだはおとなしくしてください。本番中なんです」

デショーンと呼ばれたイカレた老人はエイジャを見つめるばかり。彼女はちょうど二発目をお見舞いされたところだった。ケヴィンはイラついた。

「聞こえてます？」ケヴィンはきいた。

デショーンは音響係に面と向かった。目つきがヤバい。フォーリーはすぐに気づいた。こいつ、まちがいなく頭がおかしい。

ふつうは、全裸で外に立っている男たちを目にしたら変だと思うが、驚いたことに人はすぐに異様な状況になれてしまうものらしい。が、そんな非日常的な風景のなかにあってさえ、デショーンという名の老人は変態臭が濃厚だ。

「ここはわしの墓場だ。わしは管理人なんだぞ。自分の好きにする」デショーンは両手を腰にあててニタリと笑った。

「わかってる……感謝してます。だけど、おとなしくしていないと、撮影を中止しなければいけない」

デショーンの薄笑いが消えた。

「そうはさせん。あんた、約束しただろうが」

「なら、ここで静かにしていてください」

「もっと近くでよく見たい」

「近くでじっくり見られますよ、順番がきたらね。あなたが最後を飾るんですよ、そう話をしたでしょ」

「待ちきれん。いまヤりたい」

「撮影の進行予定はご存じですよね。あなたが大トリを務めるんです。彼女の顔に最後にブッカケる栄誉をになうのです」

「そうとも、わしがおしろい塗りのしあげをしてやる」デショーンはニヤリと笑い、またもや両手をこすりあわせた。

フォーリーはエイジャに目線を戻した。いまは黒いボクサーショーツの男の番になっていた。前立てから肉柱が屹立している。男は片手でキンタマをこすり、もういっぽうの手に潤滑油がわりの唾をつけてシコっている。なかなか達しなくてこまっているようだ。

順番待ちの列に視線を転じると、ジュスティーヌが前方で性戯を行っている。そこからさらに後列では、べべがひざまずいて黒くて極太のソーセージを口に含んでいる。窒息しそうだ。

フォーリーはその巨根の持ち主をあらためて見て微笑んだ。デルがいたずら小僧のような笑みを浮かべてべべを見おろしている。デルは顔をあげてフォーリーのほうを向き、片手をあげて敬礼した。フォーリーは答礼してからエイジャに視線を戻した。射精できずに四苦八苦していた男はようやく目的を果たしたようだ。脇にどいて、かがんでショーツを引きあげている。

フォーリーはエイジャを見た。確実ではないが、彼女が自分のことを見ていると思った。かれは手をふった。即座にバカらしいと思った。エイジャは手をふりかえせる状態にない。

あらたに白濁の液体が彼女にぶちまけられた。今回は頭に。消防車さながらの赤い髪に白が映える。そろそろ潮時だ。

フォーリーは靴を脱いで裸になり始めた。そして数分後には列に並んでいた。列を作る男たちの口数は少なかった。ほとんどの連中がきちんと並んで立ち、肉棒をこすって自分の番になるのを待つだけで満足している。

フォーリーもいっしょに列に加わって立っていた。恥ずかしく思ったり狼狽したりしない自分に驚いた。かれのサイズはあらゆる点で、そこにいる連中より大きいわけではないが、もっとも小さいわけでもない。それでも、男ならだれもが股間にくっつけているオチンチンをモロ出しにしている連中といっしょに並んで立つなんてことが、自分にできるとは夢にも思わなかった。

強迫観念の賜物《たまもの》だ。そいつは不可能と思われたことを可能にする。フォーリーはエイジャを凝視した。しかし、並んでいる位置からではよく見えなかった。列のほとんどの男たちはジュスティーヌかべべを、たまたま近くにいるほうを見ている。フォーリーは彼女たちのことなどマジで眼中になかった。

およそ一分ごとに列は前進した。フォーリーはその流れにしたがった。物思いにふけっていると、片手が自分の陰茎に伸びてくるのが目の片隅に映った。すばやく腰を引いて見おろした。

「恥ずかしがらないで」べべが隣の男のペニスを口から吐き出して言った。

吐き出された肉棒の持ち主はあらためてべべにくわえてもらった。すると次の男が進み出て、フォーリーにとってかわった。べべはその男のチンコをつかんでもてあそびだした。列が前進した。くわえてもらっていた男は怒張したセガレを彼女の口から引きぬいて前に移動した。かわって、べべにチンコをいじくりまわされていた男がすっかり勃起したそれを彼女の口に挿入した。すると後続の男が今度はべべにマスをかいてもらう番になった。規則正しい流れ作業に似ている。フォーリーは顔をそむけた。しゃぶってもらいたかったな、とフォーリーは少し思って、両手でむきだしの股間を抑えた。しかし、それはできない。浮気だ。どのように見なそうが、それは浮気になる。どうしたものかフォーリーは、これから行おうとしていることは浮気ではない、と思いこんでいた。しかしながら、他の連中がいまやっていることは浮気だ。かれは陰茎をさすりながら順番が来るのを待った。

管理人の家のほうを見た。デショーンが行ったり来たりしていた。チンコが紫色になっている。自分で痛めつけているせいだ。

うん、あいつ、ぜったいにどこかおかしい、とフォーリーは思った。

列が動いた。もうじきおれの出番だ。

Ⅳ

フォーリーは前列にたどり着いた。またもや介添え役のセクシーギャルがいたので、少し離れて立った。今回は説明した。

「もう出そうなんだ」フォーリーはジュスティーヌを見おろしながら言った。

彼女は肩をすくめただけで他の男への奉仕をつづけた。列の脇に立って監視している男が、次はおまえの出番だぞ、と予告した。

フォーリーの前にいた男はじっくり時間をかけてシコっている。一分の持ち時間ギリギリまで愉しむつもりらしい。フォーリーはそいつに駆け寄って押しのけたい気持ちをぐっと抑えた。

情欲の暴れん棒が手の中で激しく脈打っていた。ヤバイ、このまま握りつづけていると出そうだから離さないと。エイジャのところに行かないうちにイッてしまう。覆水盆に返らず、精水チンポに返らずだ。男根がピクピク引きついた。

「よし、行っていいぞ」スタッフの男が言った。

フォーリーは前進したが、まるで水中を歩行しているようだった。エイジャがこっちを見上げている。そのまわりには精液が水たまりになっている。気取って歩くフォーリーの脳内にポルノ映画のＢＧＭが流れた。

エイジャに近づきながら、なにかにつまずいた。だれか無神経なやつがそこに靴を脱ぎ捨て置いたのだ。フォーリーは前のめりに転倒して頭を墓石にぶつけた。といっても、花崗岩《かこう》に見えるように彩色されているだけの木製の墓碑だ。それが衝撃でひっくり返った。フォーリーは自分が赤面するのを感じた。並んで順番待ちをしている男たちが笑った。フォーリーはすぐに立ちあがった。不覚にもオナラが出た。あいかわらず、すべてが水中での動きのように感じられる。

ヴィンスのほうを見やった。監督はカメラを伏せ、こっちを指さして大笑いしている。あたりを見まわした。デルが腹をかかえて笑っている。ケヴィンがバカ笑いをしている。だれもかれもが声をあげて爆笑している。

ただしデショーンだけはちがった。その初老の管理人はフォーリーをじっと見つめている。まだナニは膨張したままだ。

「あのクソ女に化粧をしてやれ！」デショーンが叫んだ。

フォーリーはエイジャに向き直った。それまでに発射された男の白い液体は真っ赤な血液で地面に押し流されていた。彼女の右眼がなくなっている！　その空洞から血がドクドクとあふれ出ていた。フォーリーはぞっとした。前かがみになって吐いた。

自分の欲情の乱棒を見ると、血だらけだった。そこで自分がなにをしたのか悟った。かれは両膝をついて悲鳴をあげた。デショーンが駆けつける。老人の股間の大砲は爆発寸前だ。

「あんたの番だ」スタッフの男にそう言われたとき、フォーリーは自分に眼窩姦《がんかかん》されたエイジャの顔を見ていたのだ。デショーンの股間から放たれた白い砲弾がスローモーションになって性欲の修羅場に飛んでいく。フォーリーはスタッフの男に顔を向けた。

「何度も言わせんな、おまえの番だよ」スタッフの男が今度は声を張りあげた。

　ふっとフォーリーは白昼夢から目覚めた。

「オーケー、悪い」フォーリーはあやまってから前に進んだ。そして地面を見て安堵した。脱ぎ捨て置かれた靴はない。

　エイジャに近づくにつれて過呼吸になりそうな気がした。彼女が目の前にいる。憧れの聖母ならぬ性母が。実にうつくしい。

　いきりたった肉棒を握ってこすった。三こすり半だった。エイジャの唇と口に的中させた。フォーリーは熱湯のごとき噴出を穏やかな気持ちで注視した。白い奔流が堰《せき》を切ったように飛び出す。こんな体験は初めてだ。精液の大盤振る舞い。

フォーリーから放たれた白いシャワーが粘液の露となってエイジャの顔をしたたり落ちて、すでに彼女を取り囲むようにできているタンパク質の水たまりの仲間入りをした。

「スゲー、射精！」後方でだれかが叫んだ。

エイジャを見ると、微笑んでウィンクをしてくれた。まつげがくっつき、開こうとしてふるえ始めた。無駄だ。目が男たちの性の果汁でぴったり糊付けされているからだ。匂いの強い粘液づけになった彼女の顔は、ほんとうに魅力的だった。

こんな瞬間が現実になるとは夢にも思わなかった。しかし、おれは実際にやってのけた。エイジャのニッコリ笑った顔じゅうにぶちまけたのだ。そう思うと、ムスコがまたもやむくむくと頭をもたげてきた。

フォーリーはあとずさりながら考えた。もう一度列に並んで二回目に挑戦だ。やらないって法はないだろ？　実にエロチックでシュールだ。さながら絶叫マシーンに乗るときの心持ち。乗ったあとでさえ、また乗りたくなる。

列にはまだ十五人かそこらの男が並んでいた。すぐに戻るよりむしろ、しばらく撮影現場がよく見える場所に腰をすえよう。ほとんどの男はすでに服を着ていた。罪の意識を感じているような顔つきのやつがけっこう多い。じきに自分もそのうちのひとりになる。それまでは呵責の念を極力押しやって、眼前の美女に意識を集中しよう。オタクっぽい男がエイジャを見おろしながらチンコをひっぱっていた。切実な表情をしている。そいつのモノは短小でしおれていた。下唇を噛みながら股間のウィンナーをさすっている。額の玉の汗がダラダラと流れ落ちた。

一つ目小僧に一分ほどマッサージをほどこしたあと、オタクっぽい男はすごすごと退散した。そいつは股間の小倅《こせがれ》を放すと、フォーリーに向かって足早にやってきた。首をうなだれ、すすり泣いているようだ。フォーリーがどいて道をあけると、男はよろよろと通り過ぎながらつぶやいていた。

「ちくしょう」男はずっとそう言いつづけていた。

フォーリーのうしろ数メートルのところで、男は脱ぎ捨ててあった自分の服を拾いあげて着始めた。フォーリーは男の涙に月明かりがキラリと光るのを目にした。悲鳴が男に対する憐憫《れんびん》の情を消し去った。フォーリーは悲鳴のあがった方角に顔を向けた。

エイジャが口を大きく開いて悲鳴を発している。金切り声をあげるたびに顔をしたたる精液が口に入る。次いで喉を下り、彼女をえずかせ、咳き込ませた。

彼女は頭をふりみだしながら、ふたたび悲鳴を発した。まさに鼓膜が破れそうなボリューム。両手で耳をふさがなければならないほど。フォーリーは両目を閉じて顔をしかめた。

悲鳴は突然あがったが、同じように不意にやんだ。フォーリーは目を開けて墓石のほうを見た。エイジャが消えていた。

「なんだ、どうした？」だれかが声をはりあげた。心配しているというよりまごついているような口調だった。

まだ何人か列を作って順番待ちをしている。連中のチンコはまだカチンコチンのままだ。極太の逸物を持っている太っちょのハゲ男がかがんで墓穴を覗きこんだ。

「だいじょうぶか？」ハゲ男は地面に向かって叫んだ。あいかわらずマスをかきながらだが。

返事はない。男はもう一度声をかけた。するとまたもや先ほど同様の悲鳴があがった。だが、今回の耳をつんざくほどの悲鳴の出どころはハゲ男だった。

地面から片手が突き出され、ハゲ男のチンコをつかんでグイと引き寄せたのだ。それを見たオタクっぽい男がぎこちなく笑った。引っ張る力があまりにも強かったので、ハゲ男は大地に四つんばいになった。そしてうしろをふりむき、まだ列に残っている連中を不安そうに見やってから噴出し始めた。白濁の液体は、引っ張り続ける腕に向かって発射されたのち地面にしたたり落ちた。

「おい……放してくれ！」太っちょハゲ男は叫んだ。

あいかわらず逸物は力まかせに引っぱられている。腰を引いて逃げようにも逃げられない。手が男をチンコから先に大地に引きずりこもうとしているかのようだ。

「カット！」ヴィンスが叫んで、カメラを脇に押しやった。

ハゲ男は逃げようとして腰をあげるたびに顔が紫色になっていく。やがて男は仰向けにひっくりかえった。

地面から突き出た手には男のたいせつな部分がチョン切れて残されていた。手がそれをギュッと握りしめる。亀頭と引きちぎられた根元から血が滴り始めた。そして手は地中に引き返した。

だれもが立ちすくんでいる。どうしたらいいのか、また、いったいなにが起こったのかわからない。すべてがスローモーション撮影のように思える。

ハゲ男の絶叫がその場の麻痺《まひ》状態を破った。人々はかれのもとに急いで駆けつけた。男根がかつて鎮座ましましていた個所から血が噴出している。ハゲ男は真っ青な顔をして、いまにも意識を失いそうだ。

「たいへんだ」と言いながらも、ヴィンス監督はカメラを手にしてふたたびフィルムを回し始めている。

全裸の男たちは茫然自失の体で立ったまま、眼前で血を流して死にかけている男を見つめている。かれらのほぼ全員が意識せずに自分の性器を両手で握りしめていた。するとそのとき、地獄そのものが射精された。

下半身むき出し男たちの立っている地面から何本もの手が突き出てきたのだ。それが全裸男たちの足首をつかみ、脚をはいあがっていく。地獄の手につかまれていない人々は悲鳴をあげて逃げだした。

チンコを喪失した男から数メートルしか離れていないところで、管理人のデショーンがいらだちを深めていた。

「おい、てめえら。帰るな。言っただろ、墓場で撮影してもいいけど、わしも出演させろって。なのにわしの出番はまだだぞ！」

やせこけた男がデショーンを脇に押しのけ、正面ゲートをめざして丘を駆けおりはじめた。じきにその男から悲鳴が発せられた。六、七人の男たちがひとかたまりとなって、ゆっくり接近してきたからだ。

フォーリーは悲鳴の起こったほうに顔を向けた。やせこけた男が倒れていて、男たちにめちゃくちゃにされている。

助けようとして足を踏み出したところで気づいた。襲撃している男たちのひとりの胸に〝Y〟の字型の大きな切開傷がある。そのアルファベット型の傷跡がなにを意味するのか、フォーリーは医学ドキュメンタリー番組を見て知っていた。検死解剖だ。傷口をふさぐための縫い糸が見えた。

「嘘だろ」フォーリーはつぶやいた。検死解剖された男が悲鳴をあげている男の舌を引きぬくと、それを頬張ってふたつに嚙み切った。そしてくちゃくちゃと嚙むので、血が顎を伝ってしたたり落ちる。

墓地を見まわした。死体があたり一帯の地中からはいでてくる。

手が裸の肩に置かれた。フォーリーはぎょっとしてふりかえった。

「ちくしょう。聞いてくれ。わしの番はまだなんだ」デショーンがフォーリーに歩み寄った。「ふざけやがって」

フォーリーはデショーンを押しのけた。

「おい」デショーンは傷ついた様子で言った。「どうせわしのことなんてどうでもいいんだろ。見たぞ。あんたがあのクソ女にぶっかけたのを。あんたはスッキリだろうが、わしはそうじゃない。不公平だ！」

デショーンの下腹に堂々とそびえ立つ肉柱は、まだコチンコチン、コチンコだった。周囲が修羅場と化し、あらゆる狂気と残虐な行為が展開されているさなか、その青筋立てていきり立つ肉暴君のイメージこそが、フォーリーの麻痺した意識をようやく覚醒させた。

第四章

I

フォーリーは周囲に視線を走らせた。見わたすかぎりゾンビが徘徊《はいかい》している。自分の目が信じられない。ゾンビの大海。あっというまの倍増。吐き気をもよおす臭いが空気中に漂い始めた。

腐臭、そして死の匂いが広がっていく。ふりかえると、ヴィンス監督がカメラを構えて立っていた。あいかわらず周囲の惨状を撮影している。すべては演技であり、映画の一部であるかのように。

ゾンビが背後から接近して監督の腰をつかんだ。ヴィンスは悲鳴をあげてカメラを落とした。ゾンビはかがんでヴィンスの首筋に口をあてた。そして頭をのけぞらせると、クルミ大の肉片が口に含まれていた。

ヴィンスは真っ赤な血を噴出して真っ白な顔色になった。ついで両目をぐるりと反転させながら倒れた。するとたちまちほかのゾンビたちが寄ってきて、両手をヴィンスの腹に突き入れて内臓を引っ張りだした。

ヴィンスを最初に襲ったゾンビは立ったまま動かず、すでに口に含んでいる収穫物をあいかわらずくちゃくちゃと噛んでいた。

「こっちだ」背後から声がした。

フォーリーはそちらに視線を向けた。男がポーチで手招いている。救いの一声をあげたはいいが、墓地を見わたして戦々恐々としている。

なにかが背中にあたり、フォーリーは少し前のめりになった。ふりかえって見おろすと、音響係のケヴィンの頭部が足元にころがっていた。上下の唇がぞんざいに引きはがされている。

フォーリーは一目散に走った。ゾンビが四方八方から迫ってくる。なんとかゾンビの群れを避け、六メートルほど走りぬけて家にたどり着いた。

手招いていた男はフォーリーがやってくるのを目にすると、踵を返して家の中に飛びこんだ。ドアは開かれたままだ。フォーリーは玄関につづくステップを一足飛びで駆けあがった。チンコとキンタマが跳ねて下腹を何度も打つ。ちょっと気持ちいいかも。

そんなことを一瞬思ったせいか、安全地帯まであともう一歩というところで、ゾンビにつかまった。

そいつは物陰から突然出てきて、フォーリーに真っ向から衝突した。両者ともに開け放たれていた玄関ドアからリビングに転がりこんだ。手招いた男が勢いよくドアを閉じた。

フォーリーは死者と文字どおりの死闘を展開した。かれが首を押さえこんだせいで、ゾンビが激しくもがいた。ゾンビの身体からはがれかかっている腐肉の臭いのせいで、馬乗りにされて下になっているフォーリーの口内は胆汁であふれかえった。

フォーリーは体重を移して回転し、正常位の上側の位置を確保した。全裸の肌に相手の氷のように冷たい肉体を感じた。ゾンビは起きあがろうとして必死に暴れた。フォーリーはそいつを押さえこんでいたが、そろそろ限界だ。もうこれ以上は無理。

「そいつを放せ」頭上で声がした。聞き覚えのある声だったが、フォーリーは見あげる危険は冒さなかった。そのかわりに、自分に戦いを挑んでいる相手の瞳を見つめた。生命の兆候はまったく見あたらない。死があるのみ。

茶色くて、木製の、円形の物体が突如、バケモノの顔面を覆った。円の中心には茶色のポールが突き出ている。そのポールに沿って上方に視線を移動させると、最終的にはデルの姿に行きついた。

デルは年代物の木製ポールハンガーでゾンビをピン留めにしていた。フォーリーは死者の首根っこを放し、両手をポールハンガーの土台下から滑り出させた。そして立ちあがると、床でのたうっているバケモノからデルに視線を移した。

ポールハンガーの土台はおよそ幅四十五センチあった。デルはフォーリーにうなずくと、宙に飛びあがった。そしてポールハンガーの土台に全体重を乗せるようにして着地した。木製の土台がグシャッとおぞましい音を立てて、床に落としたスイカさながらにバケモノの顔面を粉砕した。脳みそと血漿《けっしょう》、そして肉片がポールハンガーのまわりに飛び散った。ようやくバケモノは静かになった。

「神も仏もありゃしない」フォーリーはスプラッター・シーンをまのあたりにして叫んだ。

「神も仏もこの件には関与してない」デルはポールハンガーの土台から降りた。「でも、同感だ」

「ぶったまげたぜ」手招きしてドアを開けてくれた男が言った。

「ブッタは関係ないって言ってるだろ」デルは否定しながら、窓に行って外を眺めた。かれらがいる場所は、いわゆるシューズクロークと呼ばれる空間だった。靴の泥を落としたりコートを脱いだりする手狭な部屋である。

「なにが見える？」フォーリーがたずねた。

デルは大きく息を吐いてからふりかえった。

「死屍累々の地獄絵図」

「こっちに向かってる？」フォーリーはきいた。

デルは頭を横に振った。

「しゃがみこんだままだ」

「よし。おれたちのことが見えていないのかもしれない」あとから部屋に入ってきた男が言った。

「うん。ありえる。あるいは……？」と言って、デルは視線をそらした。

「あるいは、なんだ？」男はきいた。

「しばらくはありあまっているから」

「ありあまっている？」名も知れぬ男はきいた。

デルはふたたび吐息をついた。

「肉が」

「これ以上こっちの姿をさらして餌のありかを教えるのはやめて、部屋に戻ろう」フォーリーが言った。

かれら三人は窓から離れて家の奥に移動した。フォーリーはドアを閉じてから、床に横たわっている死者を見つめて顔をしかめた。

あらためて自分がリビングにいることに気づいた。見栄えのよくない部屋だ。なにがなし古臭い。だが、年代物とか懐古的な趣があるわけではない。室内を見わたす。自分を含めて総勢六人の男が集まっていた。

デルはコーヒーテーブルの横の椅子に腰かけている。フォーリーを手招きした男は室内を行ったり来たりしている。他の四人は隅で身を寄せ合っている。ひとりだけ見知ったやつがいた。イクことのできなかったオタク系の男だ。あたりを見まわすと、服を着ているのは、そのオタク系の男だけだった。そいつが近づいてきて言った。

「いったいなにが起きてるんだ？」

「屍鬼《グール》に襲撃されてんだよ」デルが椅子の背にもたれながら答えた。

オタク系の男はデルにふりむいた。

「屍鬼って、なんだ？」

「不死者だ」

「不死者？　わかんない」

「くそたれゾンビさ」フォーリーが口をはさんだ。

単純明快な説明だ。みなが納得した。

Ⅱ

ドアを開けた男の名前はブライアン。動揺しているようだったが、実によく正気を保っている。かれは窓の前に立っていた。ブラインドとカーテンはしっかり閉じられている。かれは細心の注意を払って外の様子をうかがっていた。


オタク系の男の名前はロン。先ほどゾンビの単語を耳にしたときから一言も発していない。苛立った様子で部屋の隅にすわっている。

デルは椅子にすわりつづけている。完璧に平静を保っているように見える。なにがあっても平然としていられる男なのだろうか。

他のふたりの名前はフィルとジョンだった。かれらはカウチに陣取っている。そこでフィルは頭を抱え、ジョンは宙を見つめている。

「外はどんな様子だ?」フォーリーがきいた。

「血の海だな」

「くそっ」ジョンが言った。

「ゾンビどもはなにをしてる?」

「おおかたはブラついてるだけだ」

「この家に向かってくる気配は?」

「いや、ぜんぜんない。おれたちがここにいることに気づいていないんじゃないかな」

フィルが頭を抱えこむのをやめて立ちあがった。

「ほんとうなのか? 悪い冗談かなんかにきまってる。死体が起きあがって歩きまわるなんてあるわけがない。くだらないドッキリ・カメラかなんかにちがいない」

「信じたほうがいいぞ」椅子にすわったままのデルが言う。「これはほんとうで、いま実際に進行している。外で起こっていることは現実だ。慎重に行動しないと、うしろからはいよってくる現実にケツをガブリと嚙まれるぞ」

「くそっ」ジョンがふたたび言った。

「聞いてくれ。おれたちはいまのところ安全だ。ここにいることを知られていないから。やつらが気づいているとしても、それならこっちには関心がないってことだ。おかげで時間を稼げる。のんびりはしていられないけど。そのうちにやつらにはたりなくなる――」そこでフォーリーは一呼吸おいた。「――食い物が。となれば、ここに向かってくる。そうなった場合、どうしたらいいか考えないとまずい」

シューズクロークのドアが勢いよく閉じられた。全員が玄関ドアのほうをふりむいた。ついで取っ手が揺れてからドアが開かれた。

管理人の老いぼれデショーンが入ってきた。息があがり、汗をかいている。まだ全裸だ。かれは室内にいる男たちに怒りのまなざしを向けた。

「あんたらここでなにしてんだ？」

ブライアンが窓辺から急いでやってきた。

「あんた、ここに入るのをやつらに見られたか？」

「そんなこと知るか！　ふりかえる余裕なんぞなかったわい」

ブライアンはかれを脇に押しのけて、ドアに耳をあてて外の様子をうかがった。

静寂。

「だいじょうぶらしい」ブライアンは言いながらふりむき、デショーンを見た。「どうやって入ってきた？　ドアはロックしたのに」

「ここはわしの家だぞ。鍵ぐらい持ってるわ」

ブライアンは困惑した表情でデショーンを見つめた。

「どこに隠し持ってた？」

「あんたには関係ないだろが」

デショーンは室内に入り、鍵を小さなテーブルに置いた。

「おい」フィルが晴れやかな表情になって言った。「電話はどこだ？」

「ないよ」

「ない？」ロンが応じた。「上等だよ。おれたちがたまたま逃げこんだ家は、町の僻地にあり、しかも電話がないときた」

「くたばれ、ハナタレ小僧。わしの家でそんな口のききかたをするな」

フォーリーは視線を落として気づいた。デショーンはあいかわらず勃起している。こいつには近寄ってほしくない。

「おい、カッカするな」フィルが言った。

「おまえらくたばれ。わしは見たぞ。おまえらみんな順番がきてぶちまけたな。その隅っこにいるアホタレは不発に終わったけど。不公平だ。ちくしょう、わしの出番はどうなった？」

デショーンは向きを変えて走りだした。目に涙をためながら、リビングの奥の階段に駆け寄った。ブライアンが追いかけだしたところで、フォーリーが声をかけて止めた。

「行かせてやれよ、あいつは完璧に狂ってる」

ブライアンは立ち止まってふりむいた。

「じゃあ、これからどうする？」

「わからん。だけど手始めに、なにか着るものを見つけたほうがいい」

「向こうの部屋を調べてみる」ブライアンは右側を指さしながら言って、その場を離れた。

Ⅲ

ブライアンが入った部屋はキッチンだった。当然そこに衣服はないとじゅうぶん承知しているので、踵を返した。腹が鳴った。驚いて押さえた。こんなときに空腹になるなんてありえん。とりわけ、血と内臓の飛び散る修羅場を目撃したあとで。

壁に据え付けられた大きな棚に近づいた。スナック食品の宝庫だった。ポテトチップスの袋をつかんだ。その背後に切断された小さな首が置かれていた。思わずチップスの袋を落としてあとずさる。そしてため息をついた。ただの人形の首だ。

かがんでチップスの袋を拾いあげたとき、床に傷跡があることに気づいた。チップスの袋を棚に戻してから、よつんばいになって床の傷跡を調べた。傷跡でも汚れでもない。溝だった。棚の脚とぴったり一致している。

立ち上がり、棚をつかんで右にスライドさせた。簡単に動いた。そこでもう一方の壁際まで棚を移動させた。先ほどまで置かれていた棚の背後にドアがある。ドアノブはない。かわりに長方形の小さな木片がついている。キャンディ・バーぐらいのサイズだ。ドアと同じオフ・ホワイト色に塗られている。

上半身を乗り出し、額をドアにあてて耳をすました。リビングにいる連中のくぐもった話し声しか聞きとれない。手を伸ばし、まにあわせの取っ手に触れ、下唇を嚙んだ。それからドアをゆっくりと引き開けた。けたたましいきしり音をたてるかと思いきや、まったく静かだった。開かれたドアの先はいまにも朽ちそうな古い階段になっている。地下につづいていた。

ブライアンは闇に頭をつっこんだ。すると顔面に冷たい一陣の風がもろに吹きつけてきた。しばらくじっとして、目が暗闇に慣れるのを待った。子供のころに見た映画が脳裏によみがえる。ゾンビものだ。その映画では、ある人物が地下室でゾンビから逃れようとする。ブライアンはたいして内容を覚えていなかったが、ゾンビはヤバいということだけは記憶に残っている。少女のゾンビも出てきて、六歳だったかれはかつてないほど震えあがって毛布にもぐりこんだ。バケモノは大きいと相場が決まっている。小さいはずがない。バケモノが子供であるはずがない。自分と同じような少年少女がバケモノであるはずがない。

あらたに一陣の突風が顔に吹き寄せてきた。ブライアンは身震いした。キッチン側に身体をひっこめて、ドアを閉じた。棚をスライドさせて元に戻そうと一瞬思ったが、すぐにその考えを脇に押しやった。みんなで地下に降りてなにがあるのか見ないといけない。少なくとも脱出路があるかどうか、あるいはもっと重要なこと——侵入路があるかどうか調べないと。

ブライアンがリビングに引き返すと、男たちが服を着ているところだった。

「やあ、ブライアン」フォーリーがすぐに気づいて言った。「あそこのクローゼットに多少の服がある。ダサいものばかりだしサイズはひとつしかないけど、なにもないよりましだ」

ブライアンはクローゼットに向かいかけた。

「おい、服はぜんぶそこに持ち出してきた」デルが右のほうを身ぶりで示した。

ブライアンはデルに教えられたところに行った。カウチの横の床に衣類が山積みになっている。ブライアンは青い作業ズボンと赤いフランネルシャツを手に取った。後者は少なくとも二十年もののように見える。かれは服を着ながら、みんなにドアのことを知らせた。

Ⅳ

全員が食品貯蔵庫の壁にあるドアのまわりに集まった。

「調べよう。武器かなにかあるかもしれない」ブライアンは胸を大きく張って言った。タフに見せかけたいようだ。

地下に行くのは、もう恐れていない。だが、ビビっていると思われたくない。出口でも見つかろうものなら、一気におれは英雄だ。

「そのとおり、地下は貯蔵兵器庫にちがいない。万が一にも墓地が襲撃されたときに備えて」と言ったロンの顔には、人を小ばかにした薄笑いが浮かんでいる。

「ふざけんな、このバカタレ――」とブライアンが言いかけたところで、フォーリーが割って入った。

「チェックしたほうがいい。なにがあるかわからないし。それに、持ちこたえるのに好都合な場所かもしれない」

「管理人は？　ここに住んでるんだ。地下になにがあるか知ってるだろ」

「あの爺さんはだめだ。二階の部屋に閉じこもったきり出てこない。地下になにがあるかきいたけど、答えてくれない。やつの口から出る言葉はただひとつ――不公平。報酬が約束されていたのに、それをまだ受け取っていない、ってことらしい。思うに、神経を病んでいるのかも」デルが言った。

「頭がおかしいなら、二階にひきこもっていてもらったほうがかえっていい。足手まといになる」ブライアンが戸口を覗きこみながら言った。あくまでも男らしさを誇示したいらしい。

「ちくしょう」とジョン。

「全員で行くことない。何人かはここに残って警戒していたほうがいい。おれは地下の様子を見に行くけど」フォーリーが言った。

「おれは行くぞ。おれが発見したんだからな」ブライアンは誇らしげに言った。

「おれも」とデル。

「仲間に入れてくれ」フィルが調子をあわせた。

ロンとジョンは黙って立っていた。

「よし、これで決まりだ。おれたち四人が地下を調べに行く、おまえたち二人はここに残れ。さあ、行くぞ」ブライアンが言った。

「ちょっと待った。デル、個人的に話せるか？」フォーリーがきいた。

「ああ、いいとも」

フォーリーとデルはリビングに歩き去った。

「あいつら何の話をしていると思う？」ロンがきいた。

「わからん。でも、どうでもいい」ブライアンは言ったが、いささか意気消沈しているようだ。

フォーリーはデルのそばに立って小声で話しはじめた。

「なあ、デル、ここに残っていてほしいんだ。いや、口をはさまずに最後まで言わせてくれ。知りあってまもないが、あんたが信用できる男だとわかる。そうした人間が上にひとりは残ったほうがいい。おれたちみんなピリピリしている。この十五分ほどのあいだ、ジョンは〝ちくしょう〟以外なにも言っていない。そしてロンは……えーと、信用できない。地下でひと騒動起こった場合、あいつらが棚を元に戻してドアを封じてしまうことは避けたい。そんなことにならないように見張っていてほしい」

「オーケー」デルは言った。

「オーケーか」フォーリーは面食らった。「もっとなにか言うかと思った」

「おれは世界一賢い男というわけじゃないが、あんたの提案は一理ある。ジョンはたぶん問題ないが、ロンは……腹に一物《いちもつ》抱えているようだ。不審がられないうちに戻ろう」デルは食糧庫に向かいながら言った。

フォーリーがみんなにデルがここに残ることを説明した。ようするに、上と下に三人ずつ。万が一に備えて均等な人数割りだ。だれもが納得したが、ロンはうなずきながら眉根に皺を寄せた。

フォーリーとブライアン、そしてフィルは階段をゆっくり降りた。一歩踏み出すごとにギシギシと大きな音がする。三人は壁を懐中電灯で照らして電灯のスイッチを探した。ひとつも見つからない。一ダースほどの円形プラスチックの物体があるだけ。薄汚れた壁に取り付けられた芳香剤だ。十二段ぐらいある階段を半分ほど降りたところで電球とチェーンが吊りさがっているのに気づいた。フィルがチェーンを引っぱった。たいして明るくなかったが懐中電灯よりはましだった。三人は明かりの下に立って会話をかわした。

「なにかすごく臭うな」ブライアンが不快そうに鼻に皺を寄せながら言った。

「この臭いはひょっとして……あれか？」フィルがきいた。

「ありえる。地中を掘って来た可能性はある。おれたちが来るのを待っているのかも」ブライアンがすばやく応じた。そして周囲に視線を走らせた。不安そうに右耳を引っぱっている。どうやら虚勢は消え去ったようだ。

「どう思う、フォーリー？」

「わからん……ただ言えることは……わからん」フォーリーは落ち着いた様子で返事をした。

三人は立ちつくして暗い地下室を見まわした。

「それを知るための方法はひとつ」ついにフォーリーが口を開いて沈黙を破った。そして左側を向いて、あたりを捜査しはじめた。他のふたりもそれにならった。地下室は廃品だらけだった。

階上のデルとジョン、そしてロンはなにかに熱中することで気をまぎらわそうとしていた。三人はリビングに腰をすえてニュース番組を見ていた。これまでのところ、ドラクロワ地区の暴動に関していろいろ報じられている。その地区は町の南部に位置して、かれらがいる場所の対極にある。ドラクロワは町のもうひとつの墓地だ。

「集団で破壊行為だと⁉」ロンが椅子の肘掛けにこぶしを打ちつけた。

「ああ、墓地で暴れるアパレル集団がききました、『この墓石いいか、破壊しても？』てなぐあいじゃないかな」デルは少し雰囲気を明るくしようとした。が、受けなかった。ロンとジョンはすわってTVを見つめるばかり。

「ちくしょう」ジョンは一分ごとにバカのひとつ覚えのようにこっそり言っている。デルはカウチから立ちあがってTVのところに行った。その下にはVHSテープが山積みになっている。タイトルは記されていない。デルは一本手に取ってVCRに挿入した。画面が真っ黒になった。

「ちょっと、あんた、なにすんだ？　見てんだぞ。いまなにが起こっているのか知らないとマズいだろ」ロンは文句をたれた。口うるさい主婦に似ていなくもない。

「なにが起こっているのか知りたければ窓の外を見ればいい」おれはもうウンザリしている。しばらくはなにかほかのことをしたり考えたりしたい。くそっ、この状況は……尋常じゃない。なにもかもが狂ってる。少しまっとうな気分になりたいだけだ」

不意に画面が明るくなった。デルは立ちあがってTVを凝視した。その結果、口がアングリと大きく開いた。息をすることも動くこともできない。ただ、まんじりともせずに見つめるばかり。三十秒ぐらい経過して、ようやくTVから顔をそむけて叫び声をあげた。

フォーリーは小部屋を発見した。地下の南東、壊れた自転車の部品の山の横にあった。ドアには南京錠がかかっている。湿気た地下室は老朽化があまりにも激しかったので、南京錠は引っぱっただけでドア枠ごとはずれた。ドアを開けると内部はまさに漆黒の闇だった。聞こえるのは、自分たちの息遣いだけだと思われたそのとき……

「地下室を出ろ！」デルが階上から叫んだ。

フィルがブライアンを見た。ついで懐中電灯の光を闇に向けた。

バケモノが目と鼻の先に立っていた。ほぼ骸骨状態だ。わずかながらに肉片がこびりついている。歯並びが真っ赤に輝いている。そいつがブライアンの両耳をつかんだ。

「くそっ！」ブライアンはバケモノに顔面中央をガブリとやられて叫んだ。鼻に食いつかれたのだ。

フォーリーが歩く骸骨の背後にまわった。ついでそいつの肩をつかんで力のかぎり引っぱった。すると勢いあまってひっくりかえった。両手に骸骨の上半身が残っていた。転倒したさいの衝撃のせいで息がつけず、しばらくじっと横たわり、頭上でゆれる電灯を見つめていた。そのゆれぐあいが催眠効果をもたらした。かれは、このまま目を閉じて眠ってしまえば周囲で起こっている狂気の沙汰を忘れられるだろう、と少しのあいだ思った。そのときブライアンの悲鳴が聞こえた。それがフォーリーを現実に引き戻した。

ブライアンが頭上に立っていた。七〇年代イタリアの食人族映画に登場するブードゥー教の呪術医に似ている。ゾンビの骸骨化した両腕がまだブライアンの両耳にぶらさがっていて、さながら世界一趣味の悪いハロウィン用の象牙製イアリングのようだ。頭蓋骨がまだ鼻に食らいついてしゃぶっている。

そのおぞましい光景を実際に見あげているにもかかわらず、フォーリーは自分の目にしていることが信じられなかった。ニワトリの黒ずんだ肉じみた切れ切れの小片が赤と緑に彩られながら、バケモノの切断された首根っこから床に滴り落ちている。無理もない。本来の行き場である胃を喪失したのだから。

フォーリーはバケモノの胴体を胸から押しのけると、すばやく立ちあがって頭蓋骨をつかんだ。それをブライアンの顔から引き離した結果、おそろしいものを目にした。ブライアンの鼻があった場所におぞましい穴が開いていた。そのときになって悟った。滴り落ちた小片はブライアンの血と鼻汁に覆われた鼻の一部だったのだ。

フォーリーが頭蓋骨を両手で持っているあいだも、その顎は開いたり閉じたりして、あらためて嚙みつこうとしている。かれは頭蓋骨を高くかかげると、ひんやりとしたコンクリートに勢いよくたたきつけた。それはこなごなに砕けた。瞬時にバケモノの両腕もブライアンの両耳から落下した。

ブライアンは床に崩れ落ち、喉をゴボゴボさせ、自身の血で窒息した。フィルは、この時点まで微動だにせず一言も発しなかったが、不意に絶叫を解き放ってフォーリーの背後の闇を指さした。

フォーリーはとっさにふりかえった。足を引きずる音が室内から聞こえた。四体のさらなるゾンビがゆったりと迫ってくる。いずれも先の骸骨よりは多少の肉片をまとっている。ふりむき直すと、フィルが逃げていくのが目に入った。ついで倒れているブライアンを見おろした。すでに喉はゴボゴボと音をたてていないし、横たわったままピクリとも動かない。

フォーリーはブライアンの屍《しかばね》をまたぎ越えて、フィルを追いかけた。

フィルは階段まで残り半分ほどの距離にたどりついた。そのとき背中になにかが触れるのを感じて悲鳴をあげた。

「おれだよ、止まるな」ようやくフィルに追いついたフォーリーは相手の肩を放した。

ふたりが大わらわで階段を目指しているあいだに、デルとロンは階段の戸口に駆け寄り、そこで立ち止まった。

「降りて助けよう」デルが階段を見おろしながら言った。

「とんでもない、下に行くなんて」ロンは即答した。「ドアをしっかりふさぐべきだ。さもないと、地下にいるなんだかわからないものがここにあがってくる」

「まだふさぐわけにはいかない。下のふたりが無事かどうか確認のとれないうちは」

フィルとフォーリーが階段を上りだしたので、階上のふたりはドアからすばやくあとずさった。まずフィルが現れ、リビング目指して脱兎のごとく走り去った。それをロンが追いかけた。

次に帰還したフォーリーは食糧庫を無言で通過し、デルが地下室に通じるドアを勢いよく閉めた。それからデルとフォーリーは一言もかわさずに棚を元の位置にスライドさせた。ふたりは他の棚から箱をいくつか運んできて、地下室へつづくドアをカモフラージュしていた棚の前に積み重ねた。その背後からギシギシという音が聞こえた。なにかがゆっくりと階段を上りはじめたらしい。

ふたりは棚越しにドアを両手で押さえた。ゾンビが押し開けようとしている。ドアがわずかに開きかけたが、そこまでだった。

「死んでる……バケモノ……」フォーリーは息をあえがせながら言った。

「知ってる。くそっ……テープで見た」

「テープ？　何の？」

「見ないほうがいい。ヘドが出る」

「なにが映ってる？」

「やつがどのぐらいまえからこんなことをやっていたのかわからん」

「こんなこと？　なあ、教えてくれよ」

「デショーンだ。地下に保管してある死体を撮影したコレクションを持っている。ホーム・ビデオを。やつは……実にひどい……そのビデオのコレクションには、やつの死姦行為の一部始終が収録されている」

フォーリーは自分の足元を見つめた。なんと言ってよいか言葉が見つからなかった。

「畜生《ちくしょう》」ジョンがリビングで言った。

V

その鬼畜人デショーンはバルコニーに立ち、手すりに身を乗り出して死者を見おろしていた。かれらは墓地をゆっくりとよろめき歩きながら、たがいにぶつかりあっている。さながら土曜の夜の酔っ払い。

眼下の地面にひとりの女性が立って、デショーンを見あげている。レースの白いロングドレスを着ている。デショーンは微笑んだ。その女性がだれだかわかったからだ。名前はサンドラ。まだ埋葬されて一週間たらず。

デショーンは彼女の死亡記事を新聞で読んで覚えていた。この町の大ニュースだった。口論中、ボーイフレンドに絞殺されたのだ。その記事を読んで、デショーンは勃起した。かれはこれまでの人生で何人もの女性の首を絞めてきたからだ。それがかれの性的なこだわりだった。

もちろん、墓地の管理人がその倒錯した欲望を実行する機会に恵まれるのは、当のご婦人がとっくに死んでいる場合にかぎられるわけだが。それでも、死者のオマンコを犯すさいに相手の首を絞めることが極上の刺激をもたらしてくれる。ときには、腰のピストン運動をしながら相手の顔面を殴りつけることさえする。

デショーンは美少女サンドラがどこに埋葬されるのか知って興奮した。自分の管理するこの墓地だ。葬儀の後、デショーンはすぐにでも彼女を掘り出したい衝動にかられた。それをぐっとこらえて二週間待った。ところが、いまや彼女のほうから外に出てきて、こっちを見あげているではないか。

変態老人はズボンの前立てからチンコを引っぱり出してこすりはじめた。肉棒はたちまち膨張した。サンドラはマスをかいているデショーンに終始目を凝らしている。かれは手のひらに唾を吐いて潤滑油がわりにし、ついでサンドラに痰《たん》を吐きかけた。彼女の頭部は醜怪なほど不自然に右に傾いている。基本的には両肩の間に据えられているものだが、窒息死させられたさいに首の骨を折られたのにちがいない。

デショーンは股間のろくろ首をきつく握りしめて窒息させつづけている。ひとこすりするたびに呼吸が荒くなった。下半身に爆発寸前のムズ痒《がゆ》い感覚が起こりはじめたところで、玉袋を指ではじきだした。苦痛は常に快楽にいたる。あっというまに快楽の熱弾が放たれた。最初の一発は地面に着弾した。そこで肉砲をわずかに右にずらし、二発目はサンドラの顔面に的中させた。美少女は唇を引き結んでしかめつらをしたが、すぐに口を開けてうめいた。

デショーンは肉砲をからになるまで撃ちつづけたのち、それをズボンにしまいこんで、額の汗を袖でぬぐった。そしてふたたび視線を下に向けた。いまやサンドラは一ダースほどのゾンビに囲まれている。ゾンビどもはみなデショーンを見あげている。かれはゾンビ溜めに向かって中指を突き立てた。

「腐れマンコ糞たれへナチン野郎ども」デショーンはぼそっとつぶやいた。まだ、ポルノ女優にブッカケができなかったことでチンコばかりか腹も立てていた。これまで一度も生きている女にそれをヤッたことがなかったのだ。

デショーンはゾンビどもを見おろして微笑んだ。あいつらは生きている人間にかぎりなく近い。どいつかひとり捕《つか》まえて地下室に拉致しよう。そこに監禁しておけば、この先長いあいだ楽しめる。ほんもののガールフレンド。そう考えただけで、股間の毒蛇が鎌首をもたげだした。デショーンはその一つ目の蛇を取り出し、手のひらに唾を吐きかけ、あらためてセンズリをはじめた。

Ⅵ

「これからどうする?」フォーリーは棚から離れながらデルにきいた。

「そうだな、手始めとして、デショーンをつかまえよう。変態ビデオについて説明できるのはやつしかいない」

「棚はいつまでやつらを阻止できるかな?」フォーリーは嘆息をつきながらきいた。

「わからん。しばらくは持つだろう。下に何人いた?」

「たしかなことは言えない。少なくとも六人か、それ以上かも。数えている暇がなかったし」地下室での激しい争いが念頭によみがえる。ブライアンの恐ろしい死。フォーリーは身震いした。死んだのは自分だったかもしれない。

「やつらはまだ、完全に力を取り戻した感じじゃない。もっと強かったら、ほんの少しでも、すでにドアや窓を破っているだろう。おれたちはまだしばらくは時間稼ぎができると思う。ドアにかんぬきをして、窓をふさごう。少しでも防御を強化しよう。危険を避けるために、ここにどのぐらい籠城することになるのか見当もつかない。この家にはまだどれほどあんなやつらがいるのか最高に気になる」

「ここにいたくない。そんなことはできない、デル。おれには家族がいる。なにがなんでも戻らないと」フォーリーは口走った。涙声に近い。

　この過酷な試練が始まったときからずっと、かれは身辺で起きていることにあまりにも気をとられていて、ディアドラとジョシーのことはまったく念頭をかすめもしなかった。いまは、妻と娘がどうか無事でありますように、そう願い祈った。お願いです、神さま、こんな惨事はここだけにしておいてください。

　そもそもここに来たことがまちがいだった。そんなことはわかってた、はなから。それでも、がまんできなかった。エイジャを思い浮かべた。首まで生き埋めにされ、顔面から白濁の汁を垂らしている。睾丸の中身をエイジャの顔にぶちまける十秒たらずの快感に、この地獄絵図と出くわすほどの価値があったのだろうか？　またもや心が痛んだ。おれって、なんでこんなにアホなんだ？

「ひとつ言っておく」デルが口を開いた。「おれたちはここに長く避難していられるだろう。あいつらを締め出しておける。ただし、外で起こってることは言うまでもないが、同様に気がかりなことがある。この家の内部にいるやつだ」

「デショーンか？」

「デショーンは変態だ。だが、たいしたことじゃない。あいつは自室に閉じこもっていれば、それでいい。おれたちと二度と顔をあわさないでほしい。あいつは問題を起こしたりしないさ。ロンだよ、おれの心配の種は」

「ロン？」フォーリーはたずねた。

「ああ。やつは蛇だ。感じるよ。自分のケツを沈めないためには、他人を浮き板がわりに踏んづけていくような人間だ。やつに対するあんたの見立ては正しい。やつはおれたちを地下に閉じ込めて殺そうとした。そのことに関して、やつがいま後悔してるとは思えない。ロンは女々しいろくでなし野郎だ。たぶん、見た目とはちがって性根が腐ってる」

「この状況はだれが見てもまっとうじゃない。それにくわえて、ロンは外でナニが立たなかったんだ。そのことでどんなにブーたれていたか。おれを凝視するやつの目線を感じたよ。なにか言いたげだった」

「おい、あんたらふたり、おしどり夫婦、来いよ、それとも熱愛中か？」ロンがリビングから呼ばわった。

「噂をすればなんとやら」デルは立ちあがった。

フォーリーは両目から涙をぬぐった。これほど疲れ果てたことはない。一日がすでに、永遠につづいているような気がする。しかも、まだまだこの先終わりそうもない。深呼吸して、しっかり平静を取り戻してから顔をあげた。デルの手が目の前に差し出されてぶらぶらしていた。フォーリーはその手を取って立ちあがった。

「行こう。あのアホタレがなにを企んでいるのか見てやる」

リビングに入っていくと、フィルとロンがカウチに腰かけているのが見えた。地下室の探検は数分の出来事にすぎなかったが、フィルはいまだに息をあえがせている。フォーリーにはかれの気持ちがわかった。自分はだいじょうぶだと思わせようと必死なのだ。

「ほかになにかいいアイデアはあるかな、ご同輩？」ロンがたずねた。自分の子供をしつけるさいに親が口にしがちな相手を見下したような調子だった。

フォーリーは怒り心頭に発した。まさに憤怒の波はつま先から生じて、足に広がり、あっというまに脛《すね》から膝へと昇り、性器を経由してまっすぐ脳天に達した。かれはこぶしを握り締めて前に踏み出し、ロンに一発くらわせようとした。そんなことをしても状況が少しでも変わるわけではないが、知ったこっちゃない。このウザい男の口を殴りつづけ、折れた歯で息をつまらせてやる。

ロンはまったくたじろがなかった。フォーリーが近づいてきても笑みを浮かべただけ。どうぞお殴りください、と言わんばかりだ。フォーリーは腕をうしろに引いてこぶしを繰り出そうとした。そのとき、デルに背後から止められた。

「あそこは役に立ちそうもない」デルがフォーリーを引き離しながら言った。

「もちろん、だろうね。あんたらがなにをしようが無駄。地下室探検はすばらしい成果をあげたようだけどね」ロンが言った。

「その減らず口を閉じておけ。おまえに一発お見舞いしたいと思ってるやつはフォーリーだけじゃないんだぞ」

ロンの左目が少し引きつった。次の一手をどう出るか思案している証拠だ。かれは口を開いて、閉じた。もう一度開き、今度はしゃべった。

「じゃあ、どうする?」

「そうだな、まず、デショーンを探そう」

「変態爺なんてどうでもいいだろ? むしろやつから離れていたい」フィルが言った。ようやく息が整ったらしい。

「ひとつ。この家にあのような秘密の場所がほかにあるかどうか見つけること。これ以上驚かされたくない。ふたつ。この場所に通じる隠し出入り口がないかどうか見つけること」

「ちょっと待てよ、あんた。ここは墓地管理人の小屋だぞ。古いお屋敷じゃない。どうよ? オズの国に通じる隠し扉があるとか?」ロンが言った。

「どうだかわからねえぞ。実際、すでにひとつ見つけたし。ほかにあっても不思議じゃない」

「だな、ひとつのくそドアがくそ餓鬼たちのところへ招待してくれた。悪しからず、おれはあんたらと行動をともにする気はない」

「なら、おまえはどうする?」フォーリーがたずねた。

「ここにすわって静観してるよ。じきに警察が来るだろ?」

「で、警察はどうすると思う? 対ゾンビ特殊部隊を手配してくれるとか? きっとかれらは、こうした事態にそなえて以前から待機していたにちがいない。きっとかれらは、不死者制圧に関する訓練を積んでいるにちがいない。特殊部隊はヘリコプターから急降下してきて、ゾンビどもを一掃してくれる。そうさ、いまからもう目に見える」

「特殊部隊が導入されるなんて言ってない。でも、警官は銃を持っている。ゾンビ映画を数本見たことがある。頭を狙って撃てば、やつらは息絶える。やつらは早く動けない。数人の警官が駆けつけてくれれば、事はあっというまに終わる。だから、成り行きを見守っていればいい。マジ、こんなの単なる時間の問題だって」

全員が飛びあがった。窓を打つ激しい音がしたのだ。フォーリーが歩いて近寄り、カーテンを開けた。

ゾンビが窓のすぐ外に立って、足をかじっている。その足から茹でたスパゲッティのような白い靭帯《じんたい》が垂れさがっている。ゾンビはしゃぶるのをやめると、手にしている足で窓をたたいた。そして歯をむきだすと、またもや足に嚙みつき、踵から新鮮なピンク色した肉片を嚙みちぎった。

フォーリーはリビングにいる男たちにふりむき、右手で窓を示した。そしてロンをまっすぐ見つめた。そのロンはカウチで座を正して生唾をゴクリと飲みこんだ。

「おまえの言うとおりだ。こんなのは単なる時間の問題にすぎない。悩んだり思案したりすることはない。じきにやつらがここに乱入してくる。つぎつぎと雪崩《なだれ》のように。やつらはひとりならたいしたことない。けれど、集団となると……まちがいなく、この場所はハチャメチャになる」

「どうすればいい?」ロンは男たちから目線をそらしてきいた。

「デショーンを見つけないとな。まずはそこからだ」デルが提案した。

「なら、二階に行こう」フォーリーは言った。

Ⅶ

男たちはドアをノックした。

「失せろ」デショーンは叫びながら、肉棒に刺激をあたえつづけている。もはや半萎え状態だ。まあ、三回か四回矢継ぎ早に精を放出したあとはいつもそうなる。それでもマスをかいた。少なくともあと一回は噴射できるとわかっていたからだ。

「開けろ!」フォーリーが声を張りあげ、デルがノブを回して押した。

「ふざけんな。わしには順番がまわってこなかった。おまえらアホのせいだ。おまえら――おまえらは……恩知らずだ」

「ぶち破るしかないな。くそ爺が開けないなら」フィルが言った。

ロンとジョン、そしてフィルがいっせいにデルを見た。

「なに？　あんたらおれが黒人だという〝理由〟だけで、ドアを壊したことがあると思ってんのか？」

「いや、もちろん、そんなことはない」フィルが口ごもる。

ロンはただニヤリとしただけだ。

「思うに、かれら三人がデルに期待したのは……」フォーリーがつぶやきかけたところで、デルが口をはさんだ。

「わかってるよ、かれらの考えは……おれはただ、からかっただけさ。ちょっとしたゾンビ勃発ユーモアさ」デルは言葉をきって、全員を見わたした。「おれはあんたらより倍はデカい。いや、三倍近くかな」と言いながらロンの股間を指さした。「このドアをわけもなく壊せる」

デルはドアからあとずさると、肩をはす向かいに落として突進した。とてつもない衝撃を受けたドアは勢いよく開いた。上の蝶番《ちょうつがい》が吹っ飛んだ。

バルコニーにつづくスライド式のガラスドアが開け放たれていた。ドアが破壊される音を耳にして、デショーンがふりむいた。

フォーリーとフィルがデルにつづいて部屋に入った。三人はデショーンに目を凝らした。かれはバルコニーの手すりを背に、薄気味悪い月明かりに照らされて立っていた。ひとふさのくすんだ灰色の髪が立っていて、風にそよいでいる。ぎらついている両目は狂気を物語っていた。

変態管理人はマスをかきながら口元をゆがめて笑った。片手は血と精液でべとついている。激しく打ちすえられた肉棒からは鮮血が滴っている。

男たちとデショーンとのあいだに静寂が降りた。聞こえるのはフクロウの鳴き声と不死者たちの静かなうめき声が奏でる旋律のみ。

「ちくしょう」まずジョンが言葉を発して、沈黙のにらみ合いに終止符を打った。

「こっちのセリフだ。おまえらゲス野郎がわしにあの腐れマンコの顔にブッカケをさせてくれない。おまえらのせいなんだよ。いつだってほかのやつらがおいしいところをとっちまう。そうさ、くそったれめ。おまえらには思いやりってもんがない。おまえらはどっかほかの場所に行きな。ここにいるな。わしの家だぞ」

「ここにいたいわけじゃない」フォーリーが横やりをいれた。「出ていきたいんだ」

デショーンは肉棒を打ちすえつづけている。

「なら、出ていけ。玄関がどこか知ってるだろ。帰れ。だれも止めやしない」

「玄関から出られない。あいつらがそこいらじゅうにいるから」

「そのとおり。三メートルも進まないうちにつかまっちまう」フィルが言った。

「だからどうした。それはあんたらの問題だ。そもそもここに来るべきじゃなかった。ここはわしのねぐらだぞ。あんたらは不法侵入者だ」

「聞けよ、ノータリン」とフィル。「地下室にあんたのささやかな愛の巣を見つけたぞ」

デショーンの顔から笑みが消えると同時に、手コキが止まった。かれは顔をしかめて、バルコニーを行ったり来たりしはじめた。

「なあ、おれたちはあんたの性的嗜好なんかに興味はない。関心があるのは、五体満足な状態でここから出られるかどうかだ。あんたをこまらせるつもりはない。ききたいことがいくつかある、それだけだ」そう言いながら、デルはゆっくりと室内を横切り、開かれているガラスドアに近づいていった。

デショーンが急に立ち止まった。そしていままで男根を虐待していた手で下っ腹をこすりだした。その結果、その箇所が血まみれになった。

「あんたら地下室に入ったな。よくもまあ、そんなことを！　いい度胸してるよ。あんたらには関係のないことだ。詮索する権利はない。なんの権利もない！」

「あんたにだって権利はない。死体にあんなことをするなんて。これが普通の状況なら、たぶんおれはあんたをぶちのめしてるよ」

デショーンはおびえた様子で手すりに背中をもたせかけた。

「だけど、あんたのような変質者でさえ、いまはもっと大きな問題が生じていることがわかってるはずだ。おれたちが知りたいのは、この家から脱出するためのなにか方法があるかどうかだ。そういうこと」

「つまり、隠し通路のようなものか？」デショーンは言った。

「そう、ご名答」

デショーンは下唇を軽く嚙みながら考えた。

「ああ、やってらんねえよ、こいつはダメだ！」ロンが戸口でわめいた。

「通路か？　うん、この家から出る通路はある。が、高くつくぞ」

「なに？　この状況でいったいなにがほしい？」

デショーンはにんまりとした。

「そうだな、おまえらが取りあげたものがほしい。生身の人間の感触を味わいたい。今夜それを、もう少しであの尻軽女で体験できそうだったのに、おまえらがだいなしにした。そうとも、ぬくもりを感じたい。冷酒はもういい、熱燗《あつかん》がほしい。人肌でイきたい」

「なにアホなこと言ってんだ？　わからないのか、ここにいるのは野郎ばかりだぞ。血肉のかよった女はいない」

「男だろうが女だろうが……かまわんよ。おまえたちはみんなただの新鮮な肉体だ、とりあえずは」

「あんた、かなりの重症だな、デショーン。それに、おれたちのなかから人肌を調達できると思うなんて、完璧に狂ってる」デルはわかりきったことを口にした。

「たまげたよ、爺さん、あんた下で何が起こっているのかわからないのか？　死者がよみがえって人を食ってんだ。ドッキリ・カメラじゃない。ロメロ監督の映画でもない。ほんとうなんだ。現に人間が死んでる。なにか手を打たないと、おれたちみんな死んじまう。なのに、あんたはおれたちのだれかひとりのケツを掘ることしか考えていない」フォーリーはあきれ果てた。

「あんたらのだれかとヤりたいわけじゃない。そんなのは死体に突っこむのと大差ない。ぬくもりを感じたいんだ。おフェラをしてもらいたい。ただ、チンコをしゃぶってもらいたいだけだ」と言って、変態老人は口でチュパチュパ音を立ててみせた。

フォーリーはなんと答えてよいのかわからなかった。この数日の混乱の渦中にあって、最初は撮影に参加すべきか否かで悩み、結局、参加することにしたわけだが、いまや頭がおかしくなりそうだ。それに加えて、外では死人が生者を食おうとして歩きまわっている。まあ、そこまではなんとか我慢できる範囲内だったが。

フォーリーは声に出して笑った。デショーンの薄ら笑いがふたたび消えて、左目がピクつきだした。

「なにがおかしい？　はあ？　言えよ！　なにがクソおかしいんだ？」

「あんたさ」フォーリーは笑いがとまらず、息をつまらせながら答えた。

「わしを笑うな！」デショーンが金切り声をあげた。「いますぐやめろ。失礼だぞ……それに……それに……たえられんわい！　さあ、ここから脱出したければ、そこのクロンボにわしのチンコをしゃぶらせろ」

フォーリーは不意に笑うのをやめた。デルが神経をとがらせた。

「そうとも。クロンボにやらせろ。これまで一度も黒ちゃんとやったことがない。そいつにわしのフランクソーセージを頬張らせたい……そうしたら……そのときだけだな、あんたらを逃がしてやれるのは」

フォーリーは、当のデショーンより早くなにが起こるか察した。しかしながら、それは一瞬どころの話ではなかった。

デルは目にも止まらぬ速さで進み出て、デショーンにこぶしをお見舞いした。その鉄拳は鈍い音をともなって相手の左目に炸裂した。デルは、一撃に渾身の力をこめたために勢いあまって床に転倒した。デショーンはうしろにもんどりを打って手すりを越えた。

フォーリーはすばやく前に踏み出した。見ると、デショーンが片手で手すりにぶらさがっている。フォーリーは自分がスローモーションで駆けつけているような気がした。たぶん、まにあわない。デショーンは手を放してしまうだろう。

だが、間一髪のところで、フォーリーはデショーンの右手をつかんだ。あいかわらず事態はスローモーションで進行しているように感じられる。フォーリーは、かろうじてぶらさがっているデショーンを見おろした。眼下の大地は歩く死体だらけ。そいつらがデショーンの真下に集まってきた。

デショーンがこちらを見あげた。殴られた左目が眼孔から垂れさがっている。まるで壊れたヨーヨーみたいだ。顔の左側面全体がすでに黒い痣《あざ》になっている。ひょっとしたら、デルの強烈な鉄拳がデショーンの頭をすっきりさせたかもしれない。

次の瞬間、デショーンをつかんでいたフォーリーの手が滑りだした。フォーリーが握った変態老人の手は血と精液でヌルヌルしていたからだ。

「手伝ってくれ！」フォーリーはなんとか体勢を維持しようとしながら叫んだ。だれも動かなかった。デルは床に倒れた状態のまま、息を荒らげて満月を見つめている。けっきょく、デショーンは大地に落下した。たちまち悲鳴があがった。死者がわれ先にと群がってきたからだ。

アロハシャツを着たゾンビがデショーンの飛び出た目玉を引きぬいて、ポイと口に入れた。白い分泌液が、精液にかなり似ているが、くちゃくちゃ噛むたびに口から流れ出た。

フォーリーはデルの横に尻を落とした。デルはいまや両手で頭を抱えて床にすわっている。

「どうしようもなかった。おれはただ……ただ、理性がぶっ飛んじまったんだ。やつを黙らせられたらどんなにいいだろうとしか考えられなかった」

「まあ、あんたはたしかにやつを黙らせたよ」ロンが小声で言った。

フォーリーは顔をあげてロンを見た。こいつ、いつからそこにいた？

「なんで手をかさなかった、ゲス野郎？」

「だれに？　あの老いぼれ色情狂にか？　あいつはなんにも言う気はなかったんだ

ぞ」

人の声がして、みな驚いた。フォーリーはロンからジョンへ視線を移した。

「聞いたか？」

全員ができるだけ静かにして耳をすました。死者たちの物音の向こう側から、かすかにサイレンの音が聞こえる。パトカーのサイレン。男たちは墓地の遠い端を見つめながら、サイレンが近づいてきてほしいと思った。そのとおりになった。

ほどなくして、接近してくるのはサイレン音だけではなく、青と赤の光を瞬かせながら墓地に侵入してくる車体まで目に入った。全員が子供時代に逆戻り。だれもがにこやかな笑顔になっている。

「言ったよな、警官が来るって！」ロンがひどく陽気な調子で言った。

ロンの勝ち誇った言葉には、だれも応じなかった。かれらはただ、点滅するライトを注視するばかり。おまわりが助けに来るなんて考えをバカにしたときのことはどうでもいい。なにしろ、実際におまわりの姿を目にする前のことだったから。おまわり、すなわち、もう安全、ということを意味する。

「ウエーイ！」フィルが叫んで、拳を突きあげた。

フォーリーはデルを見た。満面の笑みをたたえていないのはデルだけだった。心配そうだった。

「なあ、だいじょうぶ、あんたはなにもしていない」フォーリーがそう言うと、デルがさえぎった。

「ここで起こったことをあいつらがしゃべるのを気に病んでいるわけじゃない。裁判所がおれに有罪判決をくだせるとも思わない」

「じゃあ、なにが心配なんだ、デル？」

「おれはあいつらのことなんて気にかけていない。おれが不安なのは……」

デルは指を空に向けた。すぐさまフォーリーは、相手の言わんとしていることを理解した。

「デル、とどのつまり、今日、あんたがしたことはあんたの魂に影響をあたえないよ」

「そう言うのは簡単さ。あんたは今日、人を殺してないから」

「あんたら仲良しこよしがおしゃべりをやめないと、騎兵隊を呼び止めそこねるぞ」

ロンが言った。

フォーリーは外を見た。ふたりの警察官がフロントゲートに立っていた。激しく身ぶり手ぶりをかわしている。早くどうするか決めてほしい、とフォーリーは思った。

ゾンビの大群が点滅するライトに向かって丘を下りはじめた。

第五章

ジェームズ・ディフェンバーグ警官は、およそ三十年にわたってこの職についており、おぞましい出来事をいくつも目撃してきた。いまだに冷や汗をかいて夜中に目覚めるような類のことを。

昨年、とある家に入っていくと、亭主が妻の切断された脚でマスをかいているところに出くわした。その男は作家としてデビューしたばかりだった。成功に対する反応は、自分の妻を殺害して、死体にあらゆる卑劣な行為をすることだった。おかげで、かれの作品はベストセラー・チャートを数週間にわたってにぎわした。

ジェームズはその作品を読んだことはないし、そうする理由もなかった。知る必要のある犯人に関してはすべてを知っていたからだ。いまだに犯行現場の映像が目に焼きついていてなかなか拭い去ることができない。しかも悪夢としてよみがえってくる。それでも、いま目にしている光景と比べれば見劣りする。

墓地はさながら戦場のようだった。死体、より正確に述べれば、屍の四肢がいたるところに散らばっている。多くの人間がうつろな状態で歩きまわっている。ジェームズにとっては、死屍累々の戦場で見かけるような光景だった。にもかかわらず、爆発音は聞こえなかった。ということは、原因は爆弾ではない。

ジョーディ・ライクウッド警官はすぐにでも墓地内に突入したかった。かれはどんなことに対しても常にそのように反応した。ジェームズは、けっきょくそれがジョーディの命取りになるだろうと思っている。

ここはスモールタウンであり、犯罪事件が日常茶飯事というわけでもないが、警戒を怠ってはならない出来事は起こる。ジェームズの見たところ、ジョーディに恐れている気配はない。それどころか興奮しているようだ。

「こりゃ、ヤバい。入らないと。とんでもない戦争かなにかが起こってる」

ジョーディはゲートの前を行ったり来たりしながら、ぶつくさつぶやいたりわめいたりしている。

「ジョーディ、落ち着け！」ジェームズは、いまにもゲート内に進もうとしている警官に近づきながら叫んだ。

「行かないと。やつらを見ろよ。ただうろつきまわっているだけだ。行って様子をみないと」

「そうするさ、ジョーディ。ただ、前もってどうすべきか知っておかないといかん。まだ、おれたちは現状を把握していない」

「なにがどうなっているか言っただろ。こいつはイスラエル人の仕掛けた戦争だよ。十中八九確実だね、賭けてもいい。爆弾テロさ」

「爆弾じゃない、ジョーディ。だれも爆発音を聞いてない」

「サイレント爆弾さ。イスラエル人のことは知ってるだろ。いつだって新兵器を作り出す。まちがいない。賭けてもいい。卑劣なゲス野郎どもだ」

「ジョーディ、バカ言ってんじゃないよ。まだ、なにもわかっていないんだ」

「おれにはわかってるよ」ジョーディはゲートに向かって走りだした。

「ジョーディ！」ジェームズは叫んだ。ジョーディが墓地につづくフロントゲートを押し開けたからだ。そしてジョーディがすでに丘の中腹を駆けのぼっているときになって、ようやく霊場に足を踏み入れた。

ジョーディは全力疾走をしながら、すでに銃を抜き、銃口を前方の地面に向けている。最初に気づいたのは臭いだった。汗が目に入り、視界をぼやけさせる。しかしながら、臭いをぼやけさせるわけではない。

ジョーディが七歳のとき、兄貴のサムが飼い猫を電子レンジに入れたことがあった。かれがリビングでアニメ番組を見ていると、猫の断末魔の絶叫が聞こえた。ジョーディはその猫が嫌いだった。クソ毛玉野郎、かれはひとりきりのとき、その猫をクソ毛玉野郎と呼んでほくそえんでいた。サムが飼い主だった。兄貴はその猫が大好きだった。日がな一日その猫を抱っこして毛を撫でていた。ジョーディにはそれが気に食わない。自分とぜんぜん遊んでくれないからだ。バカ猫の相手ばかりしてやがる。毛玉野郎なんて死ねばいいのに。

七歳児の頭では死がもたらす予期せぬ影響は理解できず、兄貴の猫がいなくなって二度と戻ってこなければいいと願っただけだった。かつて、自宅界隈で自転車を乗りまわしていたさい、隣の庭の生垣から猫が飛び出してくるのを見た。そのまま道路中央まで突っ走り、ミスター・リードの運転する青いビュイック・スカイラークの真ん前に出た。ジョーディは、車が猫の数センチ前で急停止したのを目撃して肝を冷やした。猫は生垣に猛ダッシュで戻り、ミスター・リードは傍目から見ても明らかに、頭をふりながら罵詈雑言を吐いていた。ジョーディはめまいがして、星が見えた。自転車ごとひっくり返り、空を見あげた。星はあいかわらず宙でチカチカしていたが、やがてジョーディは星が見えるわけに気づいた。猫と車のニアミス事故を目撃してから息をしていなかったのだ。そこで深呼吸をして、勢いよく息を吐き出した。それをさらに二回繰り返すと、星は消えた。上体を起こして気づいた。あともうちょっとで、あの猫を厄介払いできるところだったのに。どういうわけか、たいして気分がよくない。かれは、逃げ去る猫の目に恐怖を見た。その猫のことはぜんぜん好きじゃなかったが、その一件があったのちは、もうそいつなんて死ねばいいのにと思わなくなった。そんなころの電子レンジ事件だった。

ジョーディはキッチンに行った。サムがテーブルに向かって椅子に腰かけていた。目がすわっていて、両手をテーブルの上で組み合わせている。ジョーディのことはまったく眼中にない。うつろな目。なにも映っていない。

「サム？」ジョーディは小声できいた。

サムはあいかわらず瞬きひとつせずにうつむいている。ジョーディはこわくなった。そのとき、電子レンジのタイマーが切れた。ジョーディはふりかえって見た。レンジの内側のライトは消えているので闇しか見えない。

ジョーディは前をふりかえってビックリした。サムがこっちを直視している。あとになって気づいたが、サムの視線は弟の背中を通り越して、その向こうを見ていたのだ。まるでジョーディなどいないかのように。

ジョーディはあとじさると、小さな手を震わせながらキッチンの奥にある電子レンジのところに行った。近づくにしたがって、異臭に気づいた。焦げ臭い。片手を前に出して電子レンジの取っ手をつかみ、今一度サムに視線を向けた。

サムはまた両手を凝視していた。ジョーディは電子レンジの扉を開けて金切り声を発した。そう、悲鳴をあげたのだ。猫は爆発したわけでも内臓をまき散らしていたわけでもなかった。血と毛玉と燻製《くんせい》肉の塊と化していた。

ジョーディは目を閉じてその光景から逃れようとした。無駄だった。十五年たったいまでも、真夜中に目が覚めて精神的な苦痛を覚えるのは、当時の凄惨な光景のせいではない。臭いのせいだ。毛と肉の焦げた臭い。

「おい、あんた、なにがあった?」ジョーディは人影に近づきながらきいた。

「アアアアームムムム」その人影はふりむくと、よろめきながらジョーディに迫ってきた。

「激ヤバ」ジョーディは口走った。修羅場の様子を初めてじっくり観察した結果の一言だった。かれは銃口をあげて接近してくる男に狙いを定めた。

「動くな、さもないと、ド頭を吹っ飛ばすぞ」ジョーディは、少しずつ歩を詰めてくるゾンビに向かって言った。そして生唾をゴクリとのんだ。ついで後退しながらもう一度言った。

「おい、止まれと言ってる。本気だぞ!」

ゾンビは歯を剝きだした。黄色い膿《うみ》状の液体が口から漏れ出る。そいつが両腕をあげた。ジョーディは発砲した。ゾンビの後頭部が爆発して、腐った脳漿と脳ミソがあたり一面に飛び散った。ゾンビはドサリと音をたてて地面に倒れた。背後から足音が聞こえた。ジョーディはすばやくふりかえり、ふたたび発砲した。

ジェームズ・ディフェンバーグは銃口があげられるのを目にして、引き金が引かれることがわかった。十五メートルほど離れていても、ジョーディが狙いをつけている相手が生きていないことは見てとれた。だから、ジョーディに撃ってほしいと切に願った。おかげで、銃声を耳にしたときには安堵した。バケモノが崩れ落ちたときに、ジェームズは現場にやってきた。

ジョーディまであと数歩のところで声をかけようと思った。もっと前に声を張りあげようとしたが、走ったせいで息があがっていた。ジェームズは体調がよかったためしがない。かれは、「ダイエットは明日から始める、今日はたらふく食って飲み明かすぞ」と毎日宣言するような輩だった。したがって、ジェームズの喉から出たのは声ではなく、苦しげな息遣いだった。

ジョーディはふりむきざま、反射的に引き金を引いた。

ジェームズは撃たれた箇所をしっかりつかみながら地面に倒れていった。その過程で、孫のことを思った。先日会ったばかりだった。元気そうだった。妻のマリリンのことを思った。亡くなって十年たつ。妻とまた会えることになるのはうれしいかぎりだと思った。自分のしでかしたことに気づいたジョーディの顔に苦悩が刻まれるのを見た気がした。ついに大地に倒れて激しく咳きこんだ。途中で宙に吐き出された血が顔に降りかかった。突然、寒気を感じた。とても寒い。ジョーディに毛布を持ってきてもらおうか。口を開きかけたところで思考がとぎれた。

ジョーディはジェームズを見おろした。すでにこと切れていた。自分の発砲による相棒の死。勇み足だった。それがおれの欠点だ。「見る前に飛ぶ」類の人間だ。そのせいで古参の同僚の生命が失われた。ジョーディの唇がワナワナと震えた。

そのとき背後からうなり声が聞こえた。ふりむくと、ゾンビの大群が迫っている。パトカーに急いで戻ろうとして、いま来た方角に視線を向けると、すでにゲートのそばをゾンビが徘徊している。ドツボにはまった。二進《にっち》も三進《さっち》も行かない。ゾンビにゆっくりと取り囲まれていく。

ジョーディはこの職についてからずっと、ほんとうの警察官としてふるまえる機会を待ち望んでいた。今晩は、銃を人に向けて発砲しなければならなかった初めての機会となった。これまでのところ二打席二安打だった。二発撃って、二人死んだ。かれは銃口を自分のこめかみにあてた。

「許してくれ」そう言って、ジョーディは引き金をしぼった。これで三打席三安打。そして相棒の隣の地面に倒れた。

先に絶命した老警官は、すでに上体を起こしはじめていた。だが、ジョーディは復活しないだろう。脳みそを吹き飛ばしたからだ。

ジェームズはかがんでジョーディの喉元に食らいつき、あふれ出た血を飲んだ。数体のゾンビが腹を満たすために、よみがえらない死体と化したジョーディのまわりにひざまずいた。その他大勢のゾンビは通り過ぎて、開かれたままのフロントゲートに向かった。

第六章

I

ニュース番組は視聴者にゾンビ・アウトブレイクの様子を包み隠さず伝えた。大虐殺のありのままを報道した。ゾンビたちが市民を引き裂き、その肉を食らう様子をクローズアップで放送した。

ステイシー・デイヴィス市長はTVを見ながら微笑み、よだれをたらした。これこそ待ち望んでいた状況だ。じきにかれら全員がやってくる。時機到来。あとひと月は会議の予定はなかったが、現況を鑑みれば、かれらを招集するのは当然だろう。

ステイシーはデスクから離れて室内を横切り、壁にかかっているプラズマTVのそばへ行った。画面は報道ヘリコプターが上空から撮っている場面であふれかえっている。スポットライトが目に見えない脅威から逃げている男を照らし出している。その男は不意に立ち止まり、向きを変えた。ゾンビがポツリポツリと画面に現れた。突然、なんの前触れもなく、ゾンビたちが男に襲いかかった。TV局は放送を中断せず、カメラを回しつづけている。男は視聴者の眼前でバラバラに引き裂かれた。今や町中の人々がニュースを見ており、恐怖におののいている。町中が大混乱に陥るのも時間の問題だ。

ステイシー・デイヴィスは自分の選挙運動スタッフに緊急招集をかけた。ニュースが放送されてすぐのことだ。最初に駆けつけたのはレーヴだった。右腕として頼りになるスタッフのひとりで、さらに詳しく述べれば女性である。

レーヴ女史はドアベルを鳴らさずに大邸宅に入ってきた。そんな傍若無人ぶりをそなえているのはスタッフの中でも彼女だけだ。ほかの人間がそんな暴挙に出たら、ステイシーは許さない。かれが長い廊下の端にある待合室ですわっていると、レーヴがやってきた。

「現状について、まだなにもわかっていないのですか?」レーヴはバッグを置きながら、すぐさま要点に入った。

「ああ。一種のガスのせい、あるいはテロリストの襲撃かもしれない……現時点では、藁《わら》にもすがろうとしている感じだ。事の重大さに気づいていない」

「来る途中でラジオで聞きましたが、ここだけの事件じゃありません。国中で勃発しています」

「途中なにか見かけたか？」

「いいえ。通りに人気《ひとけ》はありません。こわくて外に出るどころじゃないのでしょう」

「いつまで続くやら。好奇心は強力な霊薬だ。遅かれ早かれ、外に出て身辺の惨劇をじかに見聞するだろう。それが人間のもっとも原初的な特性だ」

レーヴはステイシーの隣にすわった。そしてハンドバッグから葉巻を取り出して先端を嚙みちぎると、ポケットに手を入れてマッチを探した。火をつけると、くすぶらせるために葉巻を勢いよくふかした。紫煙が漂い昇り、彼女の頭上を占領していく。

ステイシーはレーヴを見つめて口元をほころばせた。それってまるで黒人のデカマラを吸ってるみたいだ、と言ってやりたかった。が、実際に口にするほどのバカではない。

「世界は完全に地獄墜《お》ちだな」ステイシーは言った。

レーヴは葉巻を吸うと、煙を言葉といっしょに吐き出した。

「地獄が世界に浮上してきたのだと思います」

認めざるを得ない。レーヴはなかなかうまいことを言う。ふたりはすわったまま、しばらく四方山《よもやま》話をかわしたが、けっきょく、現況の問題には触れない話題ばかりだった。その事案は要人スタッフ全員が集まるまでとっておいたほうがいい。話題はレーヴの子供たちのことになった。

「モリーは元気です」とレーヴ。「昨日、初めて乳歯がぬけました」

「ああ、子供の一生に一度しかない瞬間だ。あたりまえだと思って受け入れていた自分の一部が去っていく瞬間。じきに新たなものが取ってかわる。とはいえ、同じものではない。実際、喪失を体験し、意志の力ではどうしようもないことがある事実を知る最初の時期だ。イースター・バニーは来たかね？」

「もちろんです」

「すばらしい……で、グレッチェンは？」

「いい子ですよ。クラスの会計係に選ばれました」

「それはすごい。母親の業績をたどっているな」

「そのとおりとは言いきれません。娘は高い野心を抱いているのです。目標は大統領です。常にわたしは相談役で満足していますから」レーヴは葉巻をふかした。

「まあ、娘さんにはいいことだ。世界は強い女性の指導者を必要としている」

ドアベルが鳴ったので、ステイシーは、ちょっと失礼と言って玄関に向かった。

レーヴは葉巻を吸いつづけた。

ステイシーがドアを開けると、ブロックとジェイがそれぞれバッグを持って立っていた。ステイシーは、かれらふたりをゲイだと思っている。〈ネコ〉、もしくは〈ウケ〉同士のカップルだが、ステイシーには実際のところどうでもいい。ふたりは仕事がよくできるのだから、アナルセックスをしていようがいまいが関係ない。通常、かれらは目立たないように別々にやってくる。今夜は緊急事態なので、人目を気にして慎重になることはなかった。とりあえず駆けつけたのだ。

「諸君。ご足労感謝する」

「はい。万全を排して参りました」とジェイが応じた。

「入ってもよろしいですか?」ブロックがきいた。「外は安全ではないかもしれませんので」

「もちろんだよ」

ステイシーはふたりのためにドアが閉まらないように押さえた。かれらは中に入った。ジェイの息からバーボンの匂いが漂ってきた。ブロックの息は精液臭かった。ステイシーはブロックの口ひげを見つめ、白濁の真珠を探したが、なにも付着していなかった。

「まだほかにはだれも？」ブロックがたずねながら、コートを脱いでフックにかけた。

「レーヴが少し前に来た。ついて来なさい、彼女が待っている」

他のふたりの主要メンバー、ジョシュとフランクがほどなくして到着した。ジョシュはその晩に集まった選挙運動スタッフの中で唯一じかに事件を目撃していた。

「車を運転しているとき、前方にやつらのひとりを見たよ。こっちに背中を向けて歩いていた。道路のド真ん中を。最初、酔っ払いかと思ったね。泥酔しているみたいに前後にぐらついていた。そいつがふりかえった。まいったね、あれほど胸糞の悪いものをこれまで見たことがない」

「なにを見たんだ？」ブロックがきいた。

「グチャグチャになった顔。ただの肉の塊みたいだった。両頬が顎の下に垂れさがっていた。唇はなかった」

「で、あんたはどうした？」ジェイがきいた。

「びっくり仰天、アクセルを踏みこんで一目散に逃げたさ。そいつの右側を走り抜けた。すると手を伸ばして車をつかもうとした。正気じゃない」

「相手の精神状態はこのさい問題ではない」ステイシーは微笑みながら言った。

「狂ってるとしか表現のしようがない。そいつの両目は死んだ魚のようだった……けれど、わたしがこれまで見た目の中でもっとも生き生きしていた……って、わけのわからないことを言ってるけど、ほかにどう表現していいかわからない」

「とにかく、ここは安全だ」とステイシー。「きみたちみんなそのことはわかってるな」

同意のうなずきがあり、肯定のつぶやきが発せられた。

「では、二、三分ほど時間をいただきたい。ちょっとヤボ用がある」と言いながら、ステイシーは部屋から出て行った。

スタッフ一同、退室するステイシーを見守った。かれが会話の聞こえる範囲内から遠ざかると、フランクがレーヴ女史に向き直った。

「かんべんしてくれよ」フランクは目の前から紫煙を手で追い払いながら言った。「ここで吸うことないだろ？」

レーヴは葉巻を思いきり吸いこみ、勢いよくフランクの顔に紫煙を吹きつけた。

フランクは咳きこんだ。

「きみたちはこの災難をほんとうだと思ってるのか？　常軌を逸している。つまり……」ブロックは立ちあがると、室内を行ったり来たりした。

「テロリストのしわざだ」ジョシュが言った。

「そうじゃない」ジェイが異を唱えた。

ジョシュはかれに向き直った。

「なんで？　原因としてはテロが一番理にかなっている」

「いたるところで起こっている。この大地震並みの襲撃をだれかがやってのけることなんてありえない」

「常軌を逸してる。実にトチ狂ってる」

「狂ってるとは思わない。起こるべくして起こったのよ」レーヴが葉巻を消して言った。

「いったいどういう意味だ？」フランクがたずねた。

「人生には一定の周期がある。今回の事象はそれ。わたしたちは暗黒時代に逆戻りしてるってわけ」

ステイシーが戻ってきて部屋の隅に立った。みなに背を向けている。室内が静まりかえった。かれが口を開くのを主要スタッフ・メンバー五人は待っている。数秒後、ステイシーはふりかえった。

「友人諸君、状況はかなり厳しいようだ。世界が立ちあがって、われわれの頭上で糞をひった。死者が墓場からよみがえって生者の肉を欲している。国中で発生しているのだ。混沌《こんとん》と無秩序とがまちがいなくじきにあまねく広まるだろう。制御する手立てはない。政府は法と秩序を守るために奮闘するだろうが、最終的には敗北するだろう。わたしはすでにこの事態を目にしていた。この日が到来することを、先だってわたしはきみたちに語った。何の心配も影響もなく好き勝手なことができる日が来ることを。時はわれわれのもの。われわれだけが世界を存続させるために必要なことを準備してきた。われわれのおかげでわれわれの共同体は存続し、われわれのやり方を学ぶことになる。わたしはきみたちに約束をした。市長に選出されたあかつきには、きみたちの面倒を見ると。そしていま、ほんとうにそうなる。わたしたちはずっと、自分たちのしてきたことにうしろめたさを感じていたが、もう案じることはなにもない」

有能なスタッフ五人全員が歓声をあげた。ステイシーはグループの前に、いわば自分の閣僚たちの前に立ち、とてつもない自尊心を感じた。

「わが友たちよ、われらが幸運を寿《ことほ》ぎ、ミサ室に向かおう」

全員が長い廊下を歩いて一番奥の部屋に向かった。かれらの重要な一室だ。屋敷は十九世紀後半に建てられた。ロチェスター州最古の邸宅である。屋敷の奥の領域は建築当時の状態が保たれている。石を並べて積みあげた壁。かれらは部屋に入った。

室内は、少なくとも百本ほどのさまざまな形とサイズのロウソクの炎で灯されていた。一行が入室すると、影が石壁の上で躍った。さながら、ステイシーとその部下が愛好している部屋に戻ってきたことを歓迎しているかのようだ。

一行はバッグを自分の足元に置き、ステイシー以外の全員は部屋の中央で互いに手を結んだ。各自の立ち位置は床に描かれた五芒星《ペンタグラム》の先端の角だった。かれらは暗唱し始めた。

「万物の父なる偉大なる者、われらを受け入れたまえ、与えたまえ、そして御身の見守る世界へ導きたまえ」

ステイシーは手にナイフを掲げながら部下たちを一巡した。かれは立ち止まると、ジェイの手の甲を少し切り裂いた。ジェイは笑みを浮かべ、ひとりで語句を復唱した。

「万物の父なる偉大なる者、われらを受け入れたまえ、与えたまえ、そして御身の見守る世界へ導きたまえ」

ステイシーは歩きまわって、ひとりずつ手の甲を切り裂いていった。そしてナイフの洗礼を受けた者は語句を暗唱した。

「諸君をびっくりさせるものがある」ステイシーはそう言って誇らしげに微笑み、ナイフをテーブルに置いた。それから部屋の奥へ進み、天井から吊り下げられている大きな黒いカーテンの前に立った。

「かれは与えたもう」ステイシーは会釈をしながら言った。

そして、なめらかな動きで素早くカーテンを引きおろした。その背後から現れたものを、スタッフ五人は目にした。同時にかれらの喘ぎ声が室内を満たした。少女だった。十八歳未満。手足を拘束具で壁につながれている。飾り鋲付きの黒革ベルトで猿《さる》轡《ぐつわ》をさせられ、両目は黒いスカーフで覆われている。全裸だ。張りのある若い乳房にピンク色の乳首が勃起している。

ステイシーは腹心の部下たちに背を向け、ポケットに片手を入れた。みなにはかれがなにをしているのか目にすることができない。だが、見るまでもない。知っているからだ。すでに何度か目撃したことがある。かれは片手を口にあてて前かがみになり、少女の左胸に顔を押しつけた。少女は手足をばたつかせてもがきはじめた。

ステイシーがすばやくふりむいた。ロウソクの淡い光が悪魔じみた不気味な笑みを浮かべるかれの顔を照らし出す。薄ら笑いが垣間見せる鋭い歯から血が滴り落ちた。かれは舌を突き出し、今嚙み切ったばかりの少女の乳首をみなに披露した。

オオッとかアーとかいった感嘆ともとれる声があがった。ステイシーは両目を閉じて、ゆっくりと舌を口の中に戻した。そして若い乳首をじっくり味わい、よろこんで胃に迎え入れた。錠剤さながらに呑みこみ、喉を通過したさいには唇をなめた。

「わが友よ。これはまだほんの序の口だ。さあ、食事に感謝を捧げよう。今日生じた出来事は真の恩恵。われらが行いをもはや隠す必要はない。もはやわれわれだけではない……内なる飢餓を感じているのは。われらは肉が内包する魔法を知っている。パワーだ。生命だ。さあ、食して浮かれよ、われらが時は来たれり」

「アーメン」一同は唱和して、衣服を脱いだ。裸になると、しゃがんで各自のバッグを開いて、小さな黒いケースを取り出した。ついで各自の口に手を伸ばし、普段使用している入れ歯をはずしてバッグに落とした。かわりに黒いケースを開け、そこに入っている特別な義歯、吸血鬼スタイルの尖った歯を装着した。それからステイシーのところへ歩み寄って詠唱した。

「食べよう、生きよう」

ステイシーが少女の目隠しをはずした。少女の両目が大きく見開かれた。目に飛びこんできたのは、ニンマリと笑みを浮かべる顔ばかり。そいつらがジョーズ顔負けの歯をカチカチいわせながら接近してくる。夢にちがいない。こんなことありえない。いつ目が覚めるの？　いつ──

少女の思考の流れはとざされた。五つの無慈悲な口がうら若き乙女の柔肌に嚙みついた。

ステイシーは、かれら五人の閣僚が旺盛に食するのを見守った。そして自負心が沸点に到達するのを感じた。かれに実子はいなかったが、人並み優れた息子と娘を見守る親の心境だった。

「ひとつだけ頼みがある。あえて言わせてもらえれば、わたしのために性器は残しておいてほしい。あとでキャセロールにしていただくから」ステイシーは落ち着いた口調で言いながら、腹心たちの食事風景をじっくり観察した。

Ⅱ

摂食行動は長つづきしなかった。かれらの食欲は、死んでいるカニバリスト、すなわちゾンビとは異なって底抜けではない。

かれら、生きているカニバリストの腹は満ちたりた。可能なかぎりむさぼり食った。胃につめこみすぎて嘔吐《おうと》しないように気をくばりながら。吐き戻すなどもってのほかの行為。冒瀆的である。

少女は果敢に抵抗し暴れまくったが、それもレーヴ女史に顔をのけぞらされて喉を嚙みちぎられるまでの無駄なあがきだった。

血がどくどくと流れ出して少女の乳房を濡らした。とはいえ、そこに鎮座ましましていたふたつのマシュマロパイは、すでに齧《かじ》り取られてほとんどなくなっていたが。

レーヴは剝き出しになった筋肉に顔を埋め、流れ出る血をなめた。

ブロックとジェイは少女の腹を引き裂いて内臓を取り出している。

ブロックは腸をズルズルと引き出すと、持ちあげてブラブラさせた。その腸をぎゅっと握り、できるだけ多くの糞が出るようにしぼった。そのあとで齧りはじめて、一度に数センチずつ頰張った。

フランクとジョシュはそれぞれ少女の腕を持ちあげて腋《わき》をしゃぶっていた。そこの肉は固いが、とてもジューシーだ。おまけに汗で塩漬けになっている。ふたりはズルズルペチャペチャ音をたてながら貪欲に食った。

ステイシーは脇にどいて壁にもたれかかり、腹心たちの食事風景をじっくり観察していた。これはかれらにとって特別の時間だ。かれらが愛好し、切望してやまないひとときなのだ。

特別食事会は通常、ステイシーが市長に選出された翌日に開催される。それはまだひと月先の話だった。もうじき任期終了となる。が、再選されることを確信していた。けっきょくのところ、かれは市に多大な貢献をしてきた。犯罪率は下がり、就職求人率はあがった。特別食事会のことはだれも知らない。市を統率する人物が人肉嗜食家《カニバル》であるとはだれも知らない。

ステイシーが初めて人肉の味を覚えたのは、まだ小学生のときのこと。姉のアシュレーは弟のステイシーにとっては常に目の上のたんこぶだった。しかも、両親が買い物に出かけているあいだかれの面倒をみるのは、そのウザい姉だった。

アシュレーはかれを押し倒して馬乗りになり、顔に向かってゲップをするのが好きだった。姉は鼻がまがりそうなほど強烈な臭いのゲップの持ち主だった。ステイシーが懸命に息を止めているあいだ、彼女はクスクス笑っていた。けっきょくは息をしないではすまないわけで、ヘドが出そうなほどの悪臭を吸いこむことになる。

けっきょくステイシーは、姉に近づかないのが一番と悟り、それをうまくやってのけた。かれにはいりびたっているツリーハウスがあった。そこから姉の動向を監視した。ところが、紙パックジュースがかれの命取りとなった。

それはツリーハウスに保管してあった。ステイシーのお気に入りの飲み物だった。冷やさずに飲んだ。生温かいのが好みだった。四個目を啜《すす》っているとき、膀胱《ぼうこう》に圧力を感じた。できるだけ我慢したが、もう限界。漏れそうになった。

ステイシーは木の砦の端に立って下を見た。ナニをさっと取り出し、ションベンをそよ風にたなびかせるつもりだった。

ジッパーをおろしながら横を見た。隣人のジョーンズ家が一家総出でバドミントンをしている。ステイシーの少年時代の憧れの少女ベアトリス・ジョーンズが見あげて手をふってきた。

ステイシーはすばやくジッパーを放し、手をふりかえした。同時に内股にぎゅっと力をこめ、お漏らしをしないようにこらえた。ついでふりかえり、ツリーハウスのなかに放尿しようかと考えた。だがそこは自分の城だ、特別な場所だ。そんな神聖な場所を汚したくない。かれはハシゴを降りて自宅に向かった。そのさい、姉ちゃんがどこかそのへんをうろつきまわって、自分を襲撃する機会をうかがっていないかどうか警戒した。

あと一歩で玄関ドアというところで、背後に動きを察知した。その瞬間、アシュレーに地面に押し倒された。あらがういとまもない。姉はニタリと笑いながら馬乗りになっている。ステイシーは、草地に釣り上げられた生きのよい魚のようにピチピチ跳ねて、これから姉が行うおぞましい儀式を避けようとした。

その脱出活劇のさなかに膀胱が決壊した。生温かい液体がズボンの前をびしょ濡れにしていく。それを見たアシュレーが声をあげて笑いだした。ステイシーは顔を真っ赤に染めた。姉はキャッキャッと声をあげて笑った。

ステイシーの怒りが沸点に達した。笑いの発作に襲われたせいで、弟を押さえつけていた姉の腕から力が抜けた。ステイシーは上体を起こして姉の腕を強く嚙んだ。アシュレーは悲鳴をあげた。一瞬で笑い声が消えた。

ステイシーは生温かい鉄のような味の血が口中に広がるのを感じた。うまい。紙パックジュースを想起させる。

アシュレーが勢いよく身体を引いた。肉の小片が腕から嚙みちぎられた。姉は立ちあがると、腕を血だらけにして泣き叫びながら家に逃げこんだ。

憧れの少女ベアトリスの父親、ロドニー・ジョーンズが駆けつけた。そしてステイシーの口が血だらけなのを見て、ケガをしていると勘違いをした。

「だいじょうぶか？」ロドニーはステイシーに近づきながらきいた。

アシュレーが家から走り出てきた。腕の傷口にタオルを巻きつけている。すぐに彼女はなにがあったのかしゃべった。ただし、自分が最初に弟を襲撃した事実は伏せて。ロドニーはステイシーを見た。

ステイシーは肉の小片をごくりと飲んでニンマリした。

言うまでもなく、その瞬間をもって、美少女ベアトリスに対するかれの恋心を発展させる余地は消え失せた。

ステイシーは、最初にひと齧りしたときの記憶をたどり、それがいかに自分に生きる活力を与えたかを思い出してニヤリとした。その一件以来、機会があればいつでも食した。なかなか困難のともなう趣味である。ホームレスはたやすく入手できるが、いかんせんかれらの肉は美味ではない。けっきょく、かれは同好の士を見出した。だれもが集うことのできる場所――インターネットで。

ステイシーは、衝動脅迫を抜け目なくわかちあうことのできる相手を、実際に会って選抜した。そうしなければならなかった。かれには高い志があった。いま眼前で少女を引き裂いている男女は、とびきり最高のメンバーである。全員知的で、有名大学卒だ。しかもかれらの経営する会社はかなり利益をあげている。市長選に打って出ると決心したとき、かれが最初に頼ったのはかれらだった。ステイシーには人を自分に従わせる天賦《てんぷ》の才があった。だれも疑問を抱かなかった。かれが頼めば、よろこんで手助けをし、ともに働き、活発に動きまわる。かれはうれしかった。

社会的には、かれらカニバリストの欲求を満たすのは不可能に近い。それがゆえ、宴は年に一度だけ執り行い、選挙で公職に就いたときにだけ極上の食事をいただくことにしていた。

数か月前、不意に普段より人肉を食いたくてたまらなくなった。ステイシーはデスクに着席して他の市の役員と政策を論じながら、こいつらはどんな味がするだろうと考え始めた。列席していた公職者たちは、市長が相手の言っていることなどほとんど意に介していないとは夢にも思わずにプレゼンをしつづけていた。ステイシーはかれらの唇の動きを観察しながら、手を伸ばして引きちぎって食べつくしたいと思った。

人を誘拐する場合、細心の注意を払って最大限内密に行わなければならない。死体は、けっして見つからないように廃棄処理しなければならない。しかし、もはや状況は異なる。いまや通りに出て、少女をかっさらってくるだけでいい。問題なし。だれもが現在身のまわりで起こっている異常事態に気をとられている。死体はそこいらに捨て置かれている。ひとつぐらい増えたところでだれも気にしない。あるいは咎められても、少女は通りに転がっていた死体のひとつにすぎないと主張するだけでよい。死体に残された歯形を照合することなどできない。どうせそんなことはしないだろうが。新たな食文化の幕開けだ。人肉嗜好《カニバル》の時代。太古の昔となんら変わらない。

ステイシー市長は、レーヴ女史が不意に少女から離れるのを見守っていた。こちらに近づいてくる彼女は、胸から腹にかけて血だらけだ。

レーヴは鉄の義歯を取りはずすと、ステイシーの前にひざまずいた。そしてズボンのジッパーをおろし、かれの男根をくわえた。口をしっかり閉じ、剝き出しの歯茎でチンコをきつくはさんだ。

ステイシーはうめき声をあげて、レーヴの髪をうしろに引っぱった。彼女は頭を前後に動かし、ときには血まみれの喉の奥まで肉棒を挿入した。ステイシーが達すると、その白濁の美酒を呑みこんだ。精液がすでに胃に収まっている少女の血肉とまざりあう。

ステイシーはレーヴから離れると、彼女を木製のテーブルに歩いて行かせた。彼女はその上で仰向けになり、両脚を大きく広げた。ステイシーはその美脚をふくらはぎから快楽の秘園を目指し、ゆっくりと上方へ口づけをしていく。やがてレーヴの淫らな湿地帯に到着。愛液と血に彩られた蜜壺がロウソクの灯に妖しくぬめっている。ステイシーは唇を赤黒い肉厚の花弁に押しあてると、舌でその淫靡な形をなぞりつつ、すばやく肉欲のピンクの蕾《つぼみ》をひとなめした。レーヴがあえぎ声をもらす。

ステイシーは彼女のお気に召すように淫らな蜜壺をなめまわしてやった。背後では他の男たちの摂食行動の消費音がとぎれずにしている。彼女の尻が蠢《うごめ》きだした。かれは二本の指を煮えたぎる肉壺に突っこんで、さらによがり声をあげさせた。

　挿入した指になにかを感じた。そこで二本の指を広げながら、肉の洞窟のさらに奥深くへ侵入した。指のあいだになにやら物体が触れたところで、それをつまんだ。そして正体がわかるところまで外に引っぱり出した。ステイシーは笑みを浮かべた。少女の耳たぶがレーヴの下の口から垂れさがっていた。

「ご褒美をどうぞ」レーヴ女史は桃色吐息で言った。ステイシーはかがんで少女の耳たぶを口に含んだ。そのときレーヴが気をやったので、蜜壺の甘露がどっと吹き出して、耳たぶをステイシーの喉に流しこんだ。

第七章

I

フォーリーたちは警官が到着するのを見守っていた。かれらがこの混乱状態から脱出できる方法をもたらしてくれると期待していた。そんな望みも警官たちが倒れたところでもろくもついえた。

フォーリーたちは寝室に引きさがった。暗澹《あんたん》たる気分。デルはひとりで部屋の隅のストゥールに腰かけている。うなだれている。デショーンとの口論の一件以降すっかり落ち込んでいる。

フォーリーはデルをなんとか元気づけたかったが、無駄だった。黒人の大男はただすわっているだけで、悲壮な表情で床を見つめている。

その真逆がフィルだ。室内を行ったり来たり、少しもじっとしていられない。

ジョンはベッドに腰かけている。一瞬にして現実に引き戻され、ただただ頭を左右にふるばかり。

フォーリーはバルコニーの窓の内側に立った。ドアは開かれたままなので、動きの鈍いゾンビ軍団の雑音が漂い昇ってくる。しゃぶったり引き裂いたりするおぞましい音は先ほどからやんでいる。

ロンが戸口に立った。薄ら笑いを浮かべている。

「なにがおかしい？」フィルがきいた。

「おれたち、よくぞここまで持ちこたえたなと思って」ロンはそう言って、クスクス笑いだした。「あんたらさ、あらゆる点で最高だよ」

フィルはちょっとのあいだ、ロンをにらんだ。なにか言いかえそうか……それとも一発くらわしてやろうかと考えていた。けっきょく、なにもしないでフォーリーに向き直った。

「なにか動きは？　だれか来ないか？」

「いや、別に」フォーリーは答えながらため息をついた。

「ちくしょう」ジョンが言った。

「まあ、少なくとも、もう聞こえない……そのう、やつらが食ってる物音は。これ以上あれを聞かなければいけないとしたら、おれは発狂するね」フィルは言った。

「それっていいことかどうかわからんな」フォーリーが窓からふりかえりながら言うと、室内に戻ってきた。

「どうして？」フィルがきいた。

「えーと。たぶんそれは、やつらには食うものがなくなったということだから」

「そうだな。いいじゃん？　やつらはここから出ていくかもしれない」

「わからん」フォーリーは頭をこすりながら慎重に答えた。「かもしれない」

「だけどそうは思わない？」

「ああ」

「じゃあどう思う？」

「やつらはおれたちがここにいることを知っている。これまではやつらも忙しかった。いまはなにもすることがない。ここに来るしかない」

「ちくしょう」とジョン。

「おっしゃるとおり」フォーリーは応じた。

「どうする？」

「だよな、どうする?」ロンがニヤニヤしながら言った。「どなたか脳髄破壊びっくりアイデアをお持ちの方はいますか? シーツを裂いてこさえたロープで窓から降りればいいかも。そして尻に帆をかけて一目散とか。なかなか悪くない――」

ロンはしまいまで言いおわらないうちに、デルに鼻を殴られた。容赦ない拳の胸のすく一発。ロンは砂袋さながらにドサッと床に崩れ落ちた。

「おいおい、いつお目覚めになったんだ、ぜんぜん気づかなかったよ」フィルは微笑んだ。

「えーと、なんて言ったっけ、そう、おれって、『見えない人間』だからさ」

「覚醒してくれてうれしいよ、相棒」フォーリーが言った。

「まあ、長くて厳しい瞑想の旅だったな」

「で? 自分は地獄に堕《お》ちないと悟った?」

「うん、確信したね、おれは地獄にいるってね」

「じゃあ、なんでやつを殴った?」

「すでに地獄堕ちしているなら、やつをぶっ飛ばしても罪にならない。とにかく、やつを黙らせるしかない」

「アーメン」フィルが言った。

ロンが起きあがりはじめた。ものすごい鼻血だった。骨折して右に曲がっている。立ちあがったものの、すぐによろめき、ふたたび倒れた。

デルが近寄り、腋の下をつかんで立ちあがらせた。そしてベッドまで付き添い、そこにすわらせた。

「なあ、聞いてくれ。殴らずにはいられなかった、悪かった……が、あんたのせいだ。まったくイヤなやつだよ、あんたは。ここに来たときからそうだ。だけど、ここを脱出する方法はひとつしかない。一致団結すること」

ロンは生気のない目でデルを見た。デルは片手をあげると、ロンの目の前で指パッチンをした。反応がない。

「まいったな。あんた、ちょっとハデに殴りすぎたよ」フィルが近寄りながら言った。

「ああ、まあな。少なくともこいつは、もう減らず口をたたくことはない」

デルはその場を離れてバルコニーに向かった。そのさい、フォーリーについてくるようにうながした。

「ほんとうに思っているのか、やつらが侵入してくるって？」

「ああ。時間の問題にすぎない」フォーリーは言った。

「くそっ」

「だな」

「なにか打つ手は？」

「ない」とフォーリー。「なにも思いつかない。あんたに期待している」

デルはふりかえって室内を見わたした。フィルはまだ行ったり来たりしている。ジョンとロンは静かにすわっている。

「マジでなにも思いつかない」デルは答えた。

「やばいな」

「ああ」デルはうなずいた。

「これまでに警官がもっと大勢やってきてもいいのにな」

「だよな」

「でも？」

「えーと……たぶん、ここだけじゃないんだろ。いたるところで勃発しているのかもしれない」

「町じゅうで？」

「うん……世界じゅうで起きているとか」

「なら、神が助けてくれるさ」フォーリーは悲しげな面持ちで言った。

「この件に関しては、神さまは関係ない」デルは答えた。

そのときフィルがふたりのところに来た。

「なにか案は？」

デルとフォーリーはすばやく顔を見あわせた。

「いや、なにも」とデル。「あんたは？」

「実際にはなにも。でも、デショーンが言ったことを考えつづけてる。やつが言うには、通路があるらしい」

「でも、口だけじゃないかな。ナニをしてもらう交換条件としてチラつかせただけさ」フォーリーが言った。

デルが表情を曇らせた。

「あんた、たしかに交換条件として強烈なナニをくらわしてやったよな？」ロンがついに明瞭な意識を取り戻してベッドから言った。

「なんとまあ、すばらしい」とフォーリー。「長くは黙らせておくことができなかったようだ」

「たりなかったか。じゃあ、調節してやるか」

デルはドアを背にして立っているロンに向かって歩きはじめた。

した。

「ほっといてくれ。おまえらと接触したくない」

「ところが、こいつは接触したがってんだよ」デルは拳を手のひらに打ちすえて威嚇した。

ロンはあとずさりながらドアをぬけて廊下に出た。

「おれはわが道を行く。おまえらとは別にな。おまえらは疫病神だよ。触れるものすべてをだいなしにする」

「おまえのチンポには触れてない……なのにせっかくの機会をだいなしにしたのはどこのどなたさん？」フィルが口をはさんだ。

「くたばれ……オーケー。あのときは緊張しただけだ。だれにだってある」

「ほかのみんなはそんなことなかったようだけど。実際、ムスコが問題児だったやつはいなかったようだけど」

ロンは背中を廊下の壁につけた。デルがドアまであと一、二歩に迫ったところで、ロンが悲鳴をあげた。

ロンは足を前に踏み出した。すぐさまフォーリーは思った。ロンはついに自制心を失って、だれかれかまわずに立ち向かうつもりだ。デルでさえたじろいだ。ロンは戸口に達するまえになにかにつかまれた。

「助けてくれ！」ロンは叫んだが、そのあと強く引っぱられたように視界から姿を消した。

デルは廊下を覗き見ると、「ああ、やばい」と言って室内に戻り、すばやくドアを閉めた。

「どうした？」フィルがきいた。

フォーリーはたずねるまでもないと思った。その必要はない。すでに答えはわかっている。この家の内外には隠し通路があり……よみがえったデショーンがゾンビ集団をそこに先導したのだ。

Ⅱ

すぐさまフィルとデル、そしてフォーリーは動かせるものはなんでもドアの前に移動して、できるかぎり最強のバリケードを築いた。

廊下に集うゾンビたちのたてる音がやかましくなってきた。まだドアを叩くまでにはいたらないが、それも時間の問題だ。

「どうするよ？　おれたち、袋のネズミだ」フィルが言った。

「わからん」デルが答えた。

「ちくしょう」とジョン。もはやベッドに腰かけていない。ドアをふさぐのに使われているからだ。それでかれはいま、クローゼットの横に立っている。

「武器になるようなものがここにはない」フォーリーがあたりを見まわしながら言った。そして、クローゼットのそばで震えているジョンに目をとめた。「その中になにか武器になるものがあるかもしれない」

フォーリーが近づいた。ジョンは脇にどいた。フォーリーが鏡張りのドアを開けた。たくさんのスーツが吊りさげられている。それらをどかしながら内部を調べた。スーツが下に落ちた。フィルが歩み寄って拾いあげた。そのスーツは背中が切り裂かれていた。

「まいったね、やつは死体を犯すだけじゃなくて、服まで盗んでいたのか」

「使えそうなものがあるか？」デルがたずねた。

フォーリーは腹立たしげにすばやく衣服をかきわけた。

「ない。まったく！」

フォーリーはクローゼットの奥の壁を殴りだした。

フィルがフォーリーに近寄りだした。それをデルが手を伸ばして止めた。

「なんだよ? あいつ、やかましいだろ。やつらに気づかれる」とフィル。

「それがどうした? やつらはおれたちがここにいるのをすでにご存じだ」デルが言った。

フォーリーはふたりのやりとりを聞いていなかった。自分の欲求不満をぶちまけるのに忙しかった。

なんておれはアホだったんだ? 頭の中は妻と娘のことでいっぱいだった。家にふたりで取り残され……守ってくれる人はだれもいない。もしこの惨状がいたるところで勃発していたら? 妻と娘は目覚めていて、震えあがり、とほうにくれているだろう。あるいは、もっと悪いかも。ふたりはまだ眠っていて、ゾンビどもが寝室に侵入して、いまにも食らいつこうとしているかもしれない。

フォーリーは、今度は壁を強く蹴った。足が壁板をぶち抜いた。おかげで壁板もろともうしろにひっくり返った。脚が石膏《せっこう》ボードをくりぬいている。顔をあげると、壁板の向こう側が空洞になっているのが見えた。

デルがフォーリーを助け起こした。

「だいじょうぶか?」

フォーリーは空洞をじっと見つめてから、それを指さした。デルも顔をあげて凝視した。

「どうした?」フィルがたずねた。

「秘密の通路だ」デルが答えながら、その空間からこわくて目をそらせない。目を離したら消えてしまうかもしれない。

Ⅲ

通路の発見と同時に寝室のドアを引っかく音が初めて聞こえた。

デルとフィルはフォーリーを急いで引き起こした。デルが壁板をつかんでフォーリーの脚から引き抜いた。

「どうする?」デルがきいた。

「選択の余地はない」フォーリーは答えた。

「じゃあ、決まりだ」フィルが口をはさみ、クローゼットに足を踏み入れると、通路に飛びこんだ。

フォーリーとデルはジョンを引き連れてあとにつづいた。

通路は厳密には通路ではなかった。ただの壁の隙間だ。光線が壁の割れ目や釘の小さな抜け跡から差しこんでいる。それが少しは明かりとして役立ったが、早く進むことはできない。手探りで移動するしかない。とにかく狭い。立っているだけでも窮屈だ。

デルはカニ歩きで進むしかなかった。フィルは二十歩かそこら先にいた。

「行き止まりだったらどうする？」フォーリーがたずねた。

「戻ったってドン詰まりだ。進むしかない。どこかに出られると期待するしかない」

「ちくしょう」ジョンがつまずきながら言った。

フィルが前方の角を曲がった。そして頭を後続の連中に向かって突き出した。

「来いよ。前のほうがもっと明るい」そう言って、フィルは窮屈な通路を急いで進んだ。

フォーリーとデル、そしてジョンは遅れないようにあわてて移動した。角を曲がると、フィルが腰をかがめて、壁に開いている小さな穴を覗いていた。

「なにか見えるか？」フォーリーがきいた。

「なにも。安全のようだ」

フィルの背後の闇の中でなにかが形をとりはじめた。

管理人のデショーンだった。老いているばかりか、いまや死んでいるそいつが足を前に踏み出した。血まみれ状態だ。かつて変態だったデショーンはフィルの背後から首に両手をまわした。

フィルは驚きのあまり口を大きく開いた。

デショーンはその驚愕に開かれた相手の左右の口端に指を突っこんだ。そのままうしろに力いっぱい引いて、頬を耳まで裂いた。

フォーリーは壁の穴から射し込む光を通して、フィルのピンク色の歯茎と白い歯並びを見た。

フィルは悲鳴をあげるいとまもなく、他のゾンビにつかまった。そしてフォーリーに向き直り、見事に損傷した顔を見せた。

「戻れ」フォーリーはデルに言った。

「なんだ?」デルがきいた。

「引き返せ。やつらがいる」

「ちくしょう」とジョン。

三人は後退したが、来たときより時間がかかる気がする。フォーリーは何度もふりかえって、ゾンビが追いかけてこないかとヒヤヒヤした。そのたびになにも見なかった。

ようやく通路を出て寝室に戻った。寝室のドアを引っかく物音はさらに大きくなっている。いまやたえまない圧力によって、ドア自体がきしんでいた。

「来るかな?」デルがきいた。

フォーリーは通路を覗きこんだ。なにも見えない。

「まだいまのところは。でも、そのうち来るだろう」

デルはドアを見た。

「ドアはたいして長くはもたないぞ」

「どうしたらいいかわからん」とフォーリー。

「ちくしょう」ジョンはバルコニーに出ていき、外の下を見てから言った。「おい、みんな?」

デルとフォーリーは、「ちくしょう」以外の言葉を初めて発したジョンを怪訝そうに見た。

「ゾンビがいなくなってる」とジョン。

「どういう意味だ?」デルは困惑した。

「来いよ。見てみろ」ジョンはふたりを手招いた。

デルとフォーリーはバルコニーに駆け寄って見おろした。

実際、ジョンの言ったとおりだった。近辺にゾンビの姿は見あたらない。遠くに重い足取りでうろついているのがチラホラ見えるていど。

「飛び降りるか？」フォーリーがきいた。

「それこそがいまのおれたちに必要とされていることだな」デルが答えた。

ドアを激しく押し開けようとする音がした。バリケードの山からスーツケースが落ちた。

「くそっ。時間がない」

「ちくしょう」と言うなり、ジョンは手すりを乗り越えて地面に飛び降りた。その結果、したたかに身体を打ち、激痛の遠吠えを発した。

フォーリーは下を見た。ジョンが膝の数センチ下から突き出ている折れた骨を押さえて絶叫している。

「バカタレ。やつらが聞きつけるぞ」とデル。

「考えがある」フォーリーが言った。

フォーリーはドアを封鎖している家具調度のところに行った。そしていくつか物体を移動してベッドにたどりついた。それに上半身をあずけて、シーツを引きはがした。

それからすぐにはバルコニーに向かわず、まずクローゼットに行って中を覗き見た。

ゾンビたちがこちらに向かって通路をやってくる。

「やばい」フォーリーはバルコニーに突進した。

「これで降りよう」

デルが口元をほころばせた。

「なんだ？　笑いごとじゃないぞ」

「いや、ロンが言ったことを思い出したんだ。おれが口にパンチをお見舞いするまえにそんな提案をしたよな。やつはふざけてたんだけど」

「ゾンビが迫ってる。ぐずぐずしてられない」

ふたりはシーツをねじって頑丈にした。そして木製の手すりにきつく縛りつけた。

「お先にどうぞ」とデル。

フォーリーは手すりを乗り越えて、シーツを握った。そしてゆっくりと降りはじめた。終始ゾンビに脚を齧られるのではないかと気が気でない。そう思うのも無理はない。シーツの後半の端まで来たところで手を放し、無事に着地した。気づくと、まだジョンがうめきながら横たわっている。

「脚を骨折したらしい」ジョンは苦痛に身震いしながら言った。

「助けてやる。運んでやるよ。だから静かにしろ」

フォーリーは上を見た。デルが手すりを乗り越えてシーツをつかんだところだった。

「気をつけて」フォーリーは静かにかつ相手に聞こえるぐらいの声で言った。デルは眼下のフォーリーを見た。

死してなお盛んなデショーンが手すりに歩み寄っていた。狂気に冒されたおぞましい表情を浮かべ、口から血を垂らしている。

デルはハッとしてふりかえった。だが時すでに遅し、デショーンに二の腕を嚙みつかれてしまった。デルは悲鳴をあげて落下した。鈍い音を立てて地面に転がり、息が切れた。それでもフォーリーの驚いたことに、デルは立ちあがった。その立派な体格と落下状態からすれば、背骨が折れても不思議ではない。

フォーリーはすぐに気がついた。なぜデルはさほどダメージを受けていないのか……ジョンだ。ジョンは静かになっていた。動きもしない。両目がどんより濁っている。胸骨が陥没し、血が鼻と口から垂れている。デルはジョンの上に落下したのだ。かれの体重がジョンを押しつぶし、足手まといを手っ取り早くかたづけたというわけだ。

フォーリーはバルコニーを見あげた。死者デショーンが月光を浴びながら満面の笑みを浮かべて立っている。フォーリーはデルに歩み寄った。

「さあ、逃げるぞ」

デルはひざまずいてジョンの屍を一瞥した。「ちくしょう」と言いながら、どうにかこうにか立ちあがりかけた。フォーリーはそれに手を貸した。といっても、たいして力はいらなかったが。

デルはバルコニーを見上げた。デショーンの姿は消えていた。

「ゲス野郎ががっつり嚙みつきやがった」デルは歯形のついた二の腕を押さえながら言った。「ようするに、おれはもうダメだ」

「なんでそんなことを言う？」フォーリーはきいた。

「ゾンビ映画を見まくったから知ってんだ。ゾンビに嚙まれたらゾンビになるって」

「ちくしょう」フォーリーは言った。ジョンの口癖に薄気味悪いほど似た口調だった。

「うん。要約すればそういうこと」

家の中でゾンビたちが動きまわる音が伝わってきた。それでふたりは自分たちのおかれた現状に引き戻された。

「ひとつ言っておく。おれは自分がゾンビになるまでにできるだけやつらを始末してやる」

「なおしてもらえるかもしれない。まだはっきりしたことはなにもわかってないし」

「そいつはきわめてあやしいな。おれはもうヤバい。あんたはそうじゃない。おれが家族に会えるようにしてやるよ。それから……そうだな、おれは終わりを待つのに静かで落ち着いた場所をじっくり見つけるさ」

「そのときが来たら、おれが一気に始末してやろうか？」

「いや」デルは悲しげに言った。「どうせおれは地獄堕ちなんだから……急ぐことはない。天罰がくだるまでの執行猶予を楽しむさ」

二体のゾンビが家の角から姿を現し、フォーリーとデルに気づいてペースを速めた。それでも足腰の弱ったご老体の歩みと変わらない。

「あんたの家族を探そう」デルはフォーリーの腕をつかむと、「さあ、行くぞ」とばかりに引っぱった。

ふたりは走りだした。

Ⅳ

ふたりはほとんどゾンビと出会わずに墓地をあとにすることができた。その場所にいたゾンビは管理人デショーンに付きしたがって家に入っていたし、すでに他のゾンビは新鮮な肉を求めて墓地の外に出ていたのだ。

フォーリーもデルも墓地で脱いだ自分たちのズボンのポケットから車のキーを取り出そうとはしなかった。取りに戻ろうかどうしようか少し話しあったが、危険は冒さずにそのまま移動することに決めた。

道は比較的人気《ひとけ》がなくて静かだった。ふたりは三十分ほど砂利道を進んでから街路に出た。歩いているあいだに数多くのゾンビを見かけた。多くは道路からはずれて茂みの中をあてもなく移動していた。二、三のゾンビが道路を歩いていた。

行く手にゾンビがブラついていた場合、デルがすたすたと歩み寄って殴り倒し、裸足の足で頭を踏みつぶした。

フォーリーはデルの歩いたあとに血の足跡が残っていることに気づいた。はたしてゾンビの血とデル自身のそれとの割合はどのぐらいだろう？　デルの見た目はまったく変わっていない。ぐあいが悪そうには見えない。変化はゆっくりと起きるのか、それとも突然か？　変化を未然にふせげればいいのだが。

フォーリーはこの新しくできた友人とできるだけ長くいっしょにいたかった。とはいえ、襲われる危険はかんべんしてほしい。家族のところに戻らなければならないのだから。そこでフォーリーは気づいた。

「おれの家族のことはたくさん話をしたけど、あんたは？　家族はいないのか、デル？」

デルは返事をせずに遠くを見ている。聞こえなかったのだろうと思って、フォーリーはもう一度たずねようと口を開きかけたとき、デルがしゃべった。

「いるよ」とデル。「妻のポーラと息子がふたり、デルJr《ジュニア》とマイロンだ」

「男の子か。なかなか手におえないらしいな」

「ああ、そのとおり」デルはニヤニヤしながら答えた。「いつだってなにかやらかす。デルJrは素っ裸でそこいらじゅうを走りまわるのが趣味だ」

「蛙の子は蛙か」フォーリーは声をあげて笑いながら言った。

「うん、今夜はちょっとそんな気になった」

ふたりは町に向かって歩きながら笑いあった。

「ディアドラとおれはもうひとりほしいと思ってる。今度は男の子がいい。息子さんたちはいくつ？」

「デルJrは……ええっと……十五歳で、マイロンは十三歳だ」

「いっしょに暮らしているのか？」フォーリーはきいた。

デルはフォーリーをにらみすえた。

「批判しているわけじゃない。知ってのとおり、おれに人のことをとやかく言える資格はないし」フォーリーは付け加えた。

デルは目をそらした。

「家族はルイジアナにいる」

「ここで起こっていることがなんであれ、全米じゅうに広まっていなければいいな」

フォーリーは、遠くの野原をゾンビが歩いているのを視界にとらえながら言った。

「あんたの家族は無事だよ」

「死んでる」デルはしばしの沈黙ののち、ぽつりと言った。

「そんなこと言うなよ、デル。たしかなことはわからない」

デルは平然とした様子で歩いている。

フォーリーは思った。なんでデルはそんなに冷静でいられるんだ？　おれはもう何度も気が狂いそうになった。なんとか正気を保っていられるのは家族がいるからだ。自分の家族は生きている。だからおれが守らなければならない。危機に直面するたびに、おれはそう自分に言い聞かせてきた。だから、家族に関する淡々としたデルの態度には心底傷つく。

「確実なことはわからない。わかっているのは、この状況は史上まれだってことだけだ」フォーリーはかさねて言った。

「ところが、おれは知ってるんだ。二〇〇五年にルイジアナに上陸した大型ハリケーン、カトリーナが家族を連れて行っちまったから」

フォーリーはいっしょに歩いている大柄な黒人、知り合ったばかりの男、命を救ってくれた男を見つめた。そして抱きしめてやりたいと強く思った。かれはデルに歩み寄った。

「おれを抱きしめようという魂胆なら、逆におまえを抱えて脳天逆落としをくらわしてやるぞ」デルは言った。

「すまん」フォーリーはあとずさりながら言った。

デルは大声でゲラゲラ笑った。

「まあ、いいさ。おれはもう家族の死を受け入れている。おれにはどうしようもなかった。その日、家族といっしょにいたとしても、守ってやるどころかおれも死んでたよ。そうだったらよかったのにとずっと思ってる」

「あんたがいなかったら、おれは死んでた」

「お互い様さ。持ちつ持たれつ」

「適当なこと言うなよ。おれは助けなかったよ」フォーリーはデルの腕の傷を見た。

デルはフォーリーの視線を追って、傷口を見た。紫色になり始めている。

「こうなったら、あんたにできることはなにもない」

「なにかできる。なんとか……」

「しーっ」デルはフォーリーをさえぎって言った。「おれは自分の家族を救えなかったし、あんたはおれを助けられなかった。そういうことだよ。重要なのは、あんたはまだ自分の家族を救えるってこと。それこそがあんたのすべきことだ。できるだけ長く手助けする。自分が変化しないうちにあんたが家族と再会できれば、それがなによりうれしい」

「感謝しきれないよ」フォーリーは目に涙を浮かべながら言った。デルを見ると、かれの目にも涙が光っていた。

「おれに対する唯一の礼は、あんたが家族のもとに戻って面倒を見てやることだ。あんたはいいやつだよ、フォーリー」

「いいやつは今夜、あんなエロ撮影に参加したりしない」

「よせ。しでかしたことは取り消せない。重要なのは、いまどうするかだ。だれにだって秘め事はある。家族だけに集中して、ほかのことは忘れろ。これからあんたが口にするのは家族のこと、そして家族のもとに戻ることだけにしろ。あんたは家族を愛している。それはどんなアホにだってわかる。それに、あんたがしたことは女性に対するぶっかけだ。それはメチャよくない。けれど少なくとも、あんたはだれも殺していない」

「デル、あんたの場合は事故だった」

デルは悲しげに目をそらした。

「どうでもいい。取り消せないし。おれは呪われてる」

「本気で信じてるのか?」

「もちろん。天国と地獄を信じてる。おれは大罪を犯した。つまり未来永劫、地獄の業火に焼かれる。妻と息子たちとは二度と会えないってことさ。おれは家族を見捨てたんだ」

「じゃあ、この惨状はどういうことだ? 天国や地獄があるなら……なんで死者がこの世によみがえる? 見識をあらためる気にはまったくならないのか?」

「いや。どうしてそうしないといけない?」

「簡単に答えが出るようなことじゃないな。いや、つまり人が息を吹きかえす出来事のことだけど」

「あいつらは人じゃない。正体はわからないけど、人間じゃない。生きていたときとは別物だ」

「だけど、生前の記憶のようなものを持っている。デショーンはどうしたら家に入れるか覚えていた」

「あることを覚えているからといって、それで人間だとは決めつけられない。そのことを忘れるな。やつらは神に対する忌まわしきものだ」

「イエス・キリストも息を吹きかえさなかったか？」

「ああ、もちろん。そう聖書に記されている」

「イエスはゾンビじゃないか？　史上初のゾンビ」

「イエスのことをゾンビと呼ぶな」

「そう呼んだほうがしっくりくる」

「あんたのためにお祈りしておくよ」デルは頭を左右にふりながら言った。

「すでにだれかがこの状況を政府に通報していることを祈願してやまないね。当局は警戒態勢を整え、救助を開始するだろうよ」

「カトリーナのときみたいにな」デルは言った。

フォーリーはデルを見つめるばかりで返す言葉が見つからなかった。

ふたりは無言で歩きつづけた。

「ものすごく静かだな」デルがついに沈黙を破った。

「ちょうど同じことを考えていた。サイレンとかなにか聞こえてもいいのに。地獄の口が開かれた兆候があってしかるべきだろ。まだそんなに拡散していないのかもしれないな」

「だといいな。でも、慎重に行動しよう」

フォーリーはデルを見つめた。アイ・コンタクトをとりたかったのだが、デルは前方を見すえたまま歩きつづけている。そのデルが顔をゆがめた。フォーリーは素早く反応して、あとずさった。デルがフォーリーに顔を向けた。両目が赤くギラついている。

「まだこわがらなくていい。小石を踏んづけただけだ」

「悪かった」フォーリーはデルにわずかに近づきながら言った。

「あやまるな。そのときはじきにくる……おれを恐れなくてはならないときが。そのまえにあんたの家にたどり着ければうれしい」

「デル」フォーリーが口を開いた。

それをデルは手をふってさえぎった。

「ほっといてくれ。まだ、だいじょうぶ。具合はいい、嚙まれたわりには」

フォーリーはうつむいた。

ふたりは歩きつづけた。

「なんでこんなに静かなんだろ？」

「みんな、家に閉じこもっているんじゃないか。じっとして隠れてるんだ。〈世界の終末〉ものの映画は普通、そこいらじゅうで暴動が起こって法も秩序もへったくれもないアナーキーな社会について熱く語るもんだ。実際はちがったら？　みんなはただおとなしく隠れて終わりを待っているだけだったら？　いまがそういう状況じゃないかな。たしかに、どこかのアホが出てきて、みんなを救うために……反撃に出るかもしれない……が、どうせみんな自分たちの戦っている相手と同類になってしまうんだ」

そのデルの考えにはじゅうぶんな説得力があった。フォーリーが望んでいることはただひとつ。妻と娘のところに行き、安全に身を潜めることだ。たとえ何が起ころうとも、家族がひとつになっているかぎり万事うまくいく。ありふれた決まり文句だが、かれは信じていた。愛は死よりも強し、すべてに打ち勝つ。そう確信していた。

ふたりは町の主要地区に入った。信じがたいほどの静寂。自分たちの足音と心臓の鼓動しか聞こえない。

「あんたの住んでるとこまでどのぐらいだ?」デルがたずねた。

「まだしばらくかかる。電話で呼び出して……無事かどうかたしかめる」

デルが不意に立ち止まった。前方、道路の中央でゾンビ集団がうろうろしている。

フォーリーはデルの背中を見て歩みを止めた。ついで前方に視線を向け、すぐに事態に気づいて、ゴクリと生唾を呑んだ。

「やばい」

ゾンビがひしめいている。そろいもそろってよろめき動くさまは、さながらヘタクソに振り付けされたダンスのようだ。

「ちくしょう」とデル。

「実際、やつらはどこにでもいる。全部がおれたちのいた墓地から出没したなんてことはありえないな」

「多すぎる」

「さあ、気づかれないうちに通りからはずれよう」

「もう遅い」とデル。

フォーリーは前方を見た。数体のゾンビがこちらに向かっている。ゆっくりだが確実に。他のゾンビがあとにつづいて来るのは時間の問題だ。

「おい、こっちだ」背後で声がした。

フォーリーは声がしたほうを向いて、声の主を探した。だれも見あたらない。ほんとうに自分は声を耳にしたのかどうかデルにきこうとしたとき、男が手をふっているのが目に入った。

「早く来い」男が言った。

デルとフォーリーは前方を見た。一ダースほどにふくれあがったゾンビが近づいて来る。選択肢はない。ふたりは屋敷をめざして通りを急いで横切った。男はドアを開けていてくれて、ふたりを家の中に入れた。

第八章

I

デルとフォーリーが屋敷内につづく通路に立っているあいだに、男はドアを閉めて施錠をした。フォーリーは邸内を見まわしながら、見知らぬ人物が安全な建物に招いてくれたときのことを思い出した。ずいぶん昔のことのように思える。わずかに数時間しか経過していないが。

のちにその屋敷はけっして安全な場所ではなかったことが判明する。とはいえ、墓地の管理人の家よりはるかに立派だった。さらには、邸内に手招いてくれた人物、その男は比較的まともに見えた。少なくとも一応の身なりにさせてもらったし、その服はそれまで着ていたものよりマシだった……着せてもらった服に文句を言ったり見下したりできる立場にない。そもそもフォーリーはファッションに対してこだわりはない。

「やあ」男がかれらの前にやってきて言った。「フランクです」

そう名乗った男は手を差し出した。フォーリーは握手に応じた。つづいてデルも同じように差し出された手を握って上下に軽くふった。

「この状況についてなにか聞いてますか?」フォーリーがたずねた。

「少しは。ニュースで」

「蔓延《まんえん》している?」

「まだいまのところは。でも、急速に広がってます」

「くそっ」とフォーリー。

デルが咳きこみだした。フォーリーは心配してかれをまじまじと見た。デルは咳を抑え込みながら、フォーリーに向かって頭をふった。

「お友だちはだいじょうぶですか?」フランクがきいた。

「ええ、ちょっと風邪気味なんです」フォーリーが答えた。「でも、だいじょうぶ。あなた、一人住まいですか?」

「いいえ。ほかに数名います。奥の広間でニュースを見ています。いらっしゃい、みんなに紹介します」

「ゾンビは？　おれたちのことを見ていたから、ここに押し寄せてくるぞ」デルが言った。

「入って来られません。ドアは頑丈ですし、一階の窓ガラスは耐破損性です」

「どうして窓ガラスが――ちょっと待った、おれはこの屋敷を知ってるぞ。ステイシー・デイヴィス市長の家だ」

「そのとおり。ここは最高に安全な場所です。さあ、来てください」

フランクはかれらの先に立って歩きはじめた。

フォーリーはデルを一瞥した。すでにかれの黒い肌から艶《つや》が失われだしている。目立つほどではないが、フォーリーにはわかった。あとどのぐらいの時間が残されているのだろう。だれかを危険な目にあわせたくない。フォーリーのまなざしをとらえたデルは、相手の心の内を察したようだ。

「まだ平気だ。だいじょうぶ」

「あなたたち、来ませんか？」フランクが戸口に立ってきいた。

フォーリーはデルから視線をそらした。

「はい。ありがとうございます」と言って、フォーリーは足を踏み出した。

かれらはフランクといっしょに長い通路を進んだ。美術品が壁に飾られている。フォーリーは通常なら、それらをじっくり鑑賞したいと思っただろうが、いまは家族のことしか念頭にない。

「電話はありませんか?」フォーリーは歩きながらたずねた。

「はい、あります。でも、ここ一時間ほど通じません」

「まいったな」

通路奥のドアに到着した。フランクはノックしてから中に入った。ノックをするなんて奇妙だ、とフォーリーは思った。しかし、この数時間のうちで奇妙なことにはイヤというほど出会ってきたので、すぐに邪推をふりはらった。

かれらは部屋に入った。すわっている者がいるかと思えば、立っている者もいたが、みなシャンパン・グラスを手にしている。だれひとりとして疲れ果てているようには見えない。なにやら場ちがいだ。ひとりの男がかれらのところにやってきた。フォーリーはその男がだれだかすぐにわかった。市長だ。

「こんにちは。ステイシー・デイヴィスです。あなたがたをここにお連れできてうれしいかぎりです」

カウチにすわっているだれかがかすかに笑った。

「ええ。家に入れてくださって感謝しています」

「外の様子はどれほどよくないですか？」ステイシーはきいた。

「とんでもなくひどい。いたるところで起こっているようです」

「なるほど。まあ、ここにいるかぎり安全です」

ステイシーはふたりに政治家特有の満面の笑みを浮かべた。しかし、フォーリーはどうにも腑に落ちなかった。

「腰かけてもよろしいですか？」デルがたずねた。

ステイシーはデルにすばやく視線を走らせた。

「いいですよ。そこのカウチにどうぞ」

「歩きどおしだったもんで、すごく疲れているんです」デルはカウチに向かって進みながら言った。

「でしょうね。あなたたちは遠くから？」

「町の郊外から来ました」

デルはカウチにすわった。

レーヴ女史が立ちあがって、フォーリーとステイシーのところに歩み寄った。

フランクは暖炉のところに行き、自分でシャンパンを注いだ。

「あいつらをたくさん見かけました？」レーヴがきいた。

「ええ、かなりの数」フォーリーはこたえた。ついで、「ここにいるだれもケイタイを持っていないんですか？」とたずねた。

「残念ながら」ステイシーが返答した。「わたしが所有を禁止しているのです」

フォーリーは思った。それはかなり奇妙だ。このご時世、だれもがひとつは持っている。子供でさえ、と思ったが、そもそも自分が持っていなかった。

「お友だちの横に腰かけたらどうです？　なにか飲み物を持ってきます」

「そうですね」と言って、フォーリーはデルのところに行った。

デルはかれを見上げて疲れきったウィンクをした。ここにいる短時間に、十歳はふけたように見える。

フォーリーは顔をゆがめながらすわった。アドレナリンが長いあいだ出つづけているために物理的な痛みを感じる余裕はないが、心理的な負担と罪悪感による息苦しさだけは別だ。

ステイシーはバーに行き、シャンパンのボトルを開けた。それをフォーリーたちに背を向けて注いだ。

「シャンパンをお気に召していただけたらと思います。ここにあるアルコールはこれだけなんです。まあ、わたしが酒を飲むとしたらシャンパンにかぎりますが」

「そう、そのとおり」ブロックが隅に置かれている椅子から声をかけた。

ステイシーはフォーリーとデルにグラスを手わたした。

デルは受け取るとすぐに、二口で飲みほした。

フォーリーはゆっくりと啜った。

「ニュースでなにか言ってますか、この状況を当局はどのように解決するつもりか？」フォーリーはシャンパンを少しずつ飲みながらたずねた。

「いいえ。完全にとほうにくれてます。まだ、なんの見解も発表していない。なにが起こっているのか報告しているだけ」と言って、レーヴは葉巻を取り出して火をつけた。

「市長として、あなたはだれかとこの件に関して話しあいをしてるでしょう。なにか重要な情報を得ているはずです」フォーリーは言った。

「通信手段がほとんど機能していません」ステイシー市長は答えた。「この二時間ほど、外部の人間と連絡を取ることができないのです」

フォーリーはふたたびシャンパンを啜り、デルを見やった。かれは目を閉じて頭をうしろにそらしている。フォーリーは思った。デルがゾンビに噛まれていることをみんなに知らせる頃合いだと。

ところが、思考が霧に覆われていくような感じがする。フォーリーはしゃべろうとして口を開いたが、言葉が出てこない。首をめぐらせて室内を見わたす。みんながニヤついた顔をこっちに向けている。立ちあがりたい。殴って下品な薄ら笑いを消してやりたいが、できない。両手両足がコンクリート漬けにされたような感じ。自分の脚を見る。その横にシャンパン・グラスが落ちている。当然、中身がこぼれて脚が濡れている。それを拭こうとして手を動かそうとするが、できない。

背後で電話の呼び出し音が聞こえた。フォーリーは死に物狂いで顔をあげた。ステイシーが送受話器を耳にあてなにやらしゃべっている。フォーリーは怒りが闇に呑まれるのを感じながら眠りに落ちた。

Ⅱ

フォーリーは顔に冷水をかけられて意識を取り戻した。目を開けると、眼前にレーヴ女史がいた。全裸だ。ふたたび冷水をかけられた。

「なにをしてる?」フォーリーはきいた。

「あなたのお友だちがどうなるか見たいかと思って」

「いったいあんたは……」と言いかけて、フォーリーはデルを見た。あらためて全裸の状態で、両手を後ろ手に縛られて吊るされている。

レーヴがうしろをふりむいてデルを見た。

「ああ、ひさしぶり、黒いお肉は。こんなチャンスを逃す手はないわ」レーヴは片手を口に持っていき、しばしまさぐった。

フォーリーは目をこらして、彼女がいったいなにをしているのか見定めようとした。

レーヴがくるりとふりかえった。開かれた口にサメさながらの鋭利な鉄の義歯が見えた。「心配しないで。腹八分目にしておく。おまえはデザートだよ。別腹というやつ」レーヴは鋼鉄の義歯をカチカチ嚙みあわせて火花を散らした。

フォーリーは悲鳴をあげた。

レーヴは笑い、デルに歩き寄った。

やがてブロックとジェイ、ジョシュ、フランク、そしてステイシーたちが勢ぞろいして、デルを囲んで観察した。

「死んでるのかもしれない」ジョシュがデルの腹をつつきながら言った。

デルはまったく反応を示さない。

「それでも肉に変わりはない。苦しみもだえるところを鑑賞できないのはつまらんけど、結果的には同じこと」ステイシーが手を伸ばしてデルに触れた。「それにまだ温かい」

「このチンコを食べたい」レーヴ女史はデルの男根を握りしめながら言った。

「どうぞ、どうぞ」ステイシーが答えた。「それだけでお腹がいっぱいになりそうだ」

フォーリーは椅子に縛られてすわっていた。両手をもぞもぞ動かし、ロープがほどけないかどうか試してみる。ちょっと緩い箇所がある。両手首をよじってみる。ロープが肉に食い込む。唇を噛んで痛みをこらえる。そしてデルを前にして語りあっているグループをじっと見つめた。

デルは吊るされたままピクリとも動かない……が、フォーリーにはよくわかっていた。もうデルから生命は立ち去ってしまったのかもしれないが、ほかの何かが宿っている。もうすぐわかる。フォーリーはそれを感じた。

ふたたび両手首をひねってみる。すると血が出て床に伝い落ちるのがわかった。ステイシーがこちらを見て微笑んだ。まさにその瞬間だった。デルが目を開いた。

「完全に死んでるわけじゃないようだ」ジェイがデルを見あげながら言った。吊るされているデルを、全員が仰ぎ見た。デルはまったく動かなかったが、目だけがすばやく動いてそこにいる男女を察知した。

「主は慈しみ深く、与えたもう」ステイシーが言った。「さあ、いただきましょう」

ステイシーを除いたみんながデルにしゃぶりつき、骨から大きな肉片を齧り取った。それをステイシーは誇らしげに見守った。

フォーリーはもがきつづけた。右手があと少しで自由になりそうだ。この場を生き残るチャンスは一度しかない。右手をロープから抜いた。皮膚が破けた。不覚にもうめき声をあげた。

ステイシーがふりむいてフォーリーに興味津々《しんしん》のまなざしを注いだ。そして、他の者たちがデルを貪り食うにまかせて、フォーリーに近寄ってきた。

あともう少しでフォーリーの不審な行動がバレそうになったとき、フランクが吐きはじめた。かれは脇腹を抑えている。嘔吐の音が室内に響きわたった。デルと少女の血と肉の小片が食道から噴出した。

「だいじょうぶか？」ジョシュがデルの腹部から身を引き離しながらきいた。

「なんか変だ」フランクは押し寄せる吐き気の波のあいまに答えた。

「そうだな」ブロックがうなずいた。「こいつぜんぜん動かない。おれたちに食われているのに悲鳴ひとつあげないし、もがき苦しみもしない……反応ゼロだ」

「ああっ、くそっ！」ジョシュがデルの身体からあとずさった。「こいつ、やつらの仲間だ！」

一同はデルを見あげた。いまや歯をむき出してうなっている。かれらはすばやく離れた。

「なんてこった」ジェイが口にほおばった汁気たっぷりの腿の筋肉を吐き出しながら言った。

フランクはゲーゲーものすごい音を立てて吐いたのち、嘔吐が急に止まった。

「だいじょうぶか？」ジョシュがもう一度きいて、伸ばした手をフランクの肩に置いた。

フランクはさっとふりむくと、自分の肩に置かれた手の甲に嚙みついて皮膚を引き裂いた。

ジョシュは悲鳴をあげながら身体をうしろに引いた。

フランクはうなり声を発してジョシュの首につかみかかった。

「くそっ。フランクがやつらの仲間になった！」ブロックが叫んだ。そして踵を返して逃げだした。

フランクはジョシュの首に指を埋めた。血があふれ出した。

フォーリーがロープの緊縛から自由になったとき、ステイシーがふりむいた。フォーリーは握り拳をステイシーの顔にお見舞いした。ステイシーは床に倒れた。顔をあげると、レーヴがこっちに疾走してくるのが目に入った。

「いや！」レーヴはフォーリーに突撃しながら金切り声をあげた。彼女はその狂乱の体でフォーリーを呆然とさせながら壁に追いつめた。

しかし、フォーリーは彼女の顎をつかんで顔を押しのけた。なにしろ彼女は鋼鉄の義歯で嚙みつこうとするので、とにかくそれを封じた。

レーヴはフォーリーの目を覗きこんだ。憎悪の炎が燃え盛っていた。

フォーリーはレーヴの顎をつかんでいる手をひねった。すると首の折れる音がした。崩れ落ちた狂乱女を床に捨て置いたあとで、すばやく周囲を見まわした。ステイシーが消えていた。

ブロックとジェイの姿もどこにも見あたらない。

フランクはジョシュに覆いかぶさって肉片を嚙みちぎっている。

フォーリーは戸口に駆け寄り、そこでいったん立ち止まると、ふりかえってデルを見た。吊り下げられたままだ。

「ありがとう」フォーリーは友人にそっと礼を述べてからミサ室をあとにした。

Ⅲ

通路を走りぬけて角を曲がると、ブロックとジェイが正面玄関を開けているのが目に入った。

「やめろ！」フォーリーは叫んだ。

ブロックがおびえとまどった表情でふりかえった。

ジェイはドアを引き開けた。

大量の不死者が押し寄せてきて、ブロックをつかんで床に放り投げた。

ジェイがふりむいて悲鳴をあげた。

フォーリーは脱出路を探して周囲を一瞥した。階段の踊り場が遠くに見えた。そこしか逃げ場はない。かれは走った。

ジェイはゾンビの手を逃れてフォーリーのあとを追った。階段を上りきるまでには、ふたりは肩を並べていた。

ジェイは走りながらすすり泣いていた。身体中に引っかき傷がある。ゾンビにつけられたのだ。こいつとはいっしょにいられない。そこでフォーリーはジェイの脚を蹴ってつまずかせた。ジェイはドサッと音をたてて転倒した。フォーリーは壁を見あげた。古い中世様式の斧《おの》が飾られていた。それを壁からはずした。

「やめろ……よせ。お願いだ」ジェイは斧をふりかざすフォーリーに向かって懇願した。

フォーリーは斧をジェイの腹部にふりおろして真っ二つに切断した。五臓六腑が飛び出て床に散乱した。相手を見おろして、こいつはすぐに変化すると思った。斧を頭にめりこませて永遠の眠りにつかせてやろうかと考えたが、そんな死はこいつにはもったいないと結論した。ゾンビになっちまえ、ほったらかしにしておこう、少なくとも半分ゾンビとして。

フォーリーは踵を返して通路を突進した。そして広い部屋に駆けこんで、室内を見まわした。ここには身を隠せる場所がない。

奥に別のドアを発見した。それを開ける。図書室だった。端に大きなデスクがあった。それに駆け寄って下にもぐりこむ。頭を股にはさみこむようにして、じっと動かずに静かにしておこう。願いはただひとつ。やつらに見つからないこと。息を整えて気持ちを落ち着かせよう。目を閉じて、妻と娘を想う。

室内に人が侵入してくる気配がした。
フォーリーは静かに涙を流しはじめた。

第九章

屋敷はゾンビに侵略された。デスクの下から見わたすかぎり、いたるところでゾンビが重い足取りで動きまわっている。その跡に刺激臭たっぷりの液体が残っている。長距離走行をしたためにオイル漏れを起こしている車に似ている。

死と腐敗の臭いは手のほどこしようがない。フォーリーは、当座の避難所がわりの大きなデスクの奥にあとずさって嘔吐した。消化中の食べ物と胃酸の匂いは死の悪臭とくらべれば、さながらバラの香りにも等しい。胃がからっぽになり、えづくだけになると、頭の中が鮮明なイメージでいっぱいになった。

微風にそよぐ丈の高い草に一面覆われている広大な原野。太陽が燦然《さんぜん》と輝いているが暑くない。そよ風が心地よい。

フォーリーは、子供時代にキャンプで使ったようなハンモックがいまここにあればいいなと思った。しかしこれまで、ハンモックにうまくよじ登り、そのあとで吹っ飛ばされずに揺らすことができたためしがない。当時、他の子供たちに容赦なくからかわれた。もう一度チャンスがほしい、おまえら誤解してるよ、証明してやる。

遠くの大きな樫《かし》の木の下に、座席が二つ並んでいる木製のブランコの遊具が見える。前後に揺れていた。だれも乗っていないブランコを眺めていると、フォーリーは孤独の突き刺すような痛みを感じた。周囲を見わたす。野原しか見えない。ブランコの遊具があるのだから、どこか近くに人がいるにちがいない。かれは両手をお椀の形に丸めて口にあてた。

「すいません、だれかいませんか？」

フォーリーは反響を期待して身がまえた。なにも聞こえない。まるで水中で叫んでいるようで、自分の声が消音設定されている感じだ。困惑して、もう一度両手を丸めて口にあてて呼びかけようとする。

声を発するより先に、なにかが宙を移動するのが目に入った。目を細めて、その謎の飛行物体に焦点を合わせようとした。その瞬間、正体がわかった。大型の蝶、モナークだ。それが目の前に飛んできた。

フォーリーのこれまでの人生でもっとも美しい光景だった。翅《はね》の色彩はこの世のものとは思えないオレンジ色。その美しい翅は太陽が反射して二重に見える。ピントを調節しようとして目を閉じた。すると、右手の甲になにかがかすかに触れている気がした。その感覚はわずか数秒のことだった。

目を開けてあたりを見まわした。蝶は消えていた。目線を下に向けると、驚いたことに、蝶は自分の手にとまっていた。

いつなんどき飛び去ってしまうか。フォーリーは蝶のとまっている右手をおそるおそるあげた。蝶は逃げなかった。ピクリともせず、満足している様子で、極小の顔がフォーリーを見あげている。そもそも蝶に顔があったかどうか思い出そうとした。ないと思った。フォーリーの蝶に関する知識はきわめて少なかったが。蝶はかれに微笑んでから舞いあがった。

「おい」フォーリーは顔をほころばせながら言った。「どこへ行く?」

蝶はフォーリーの頭上を飛び越えた。かれは首をめぐらせ、蝶の行方を見守った。蝶が視界から消え去ったとき、かれはハッと息をのんだ。

いまやブランコのふたつの座席が占有されている。ひとつには緩やかに垂れた白いロングドレスの大人の女性がすわり、もうひとつには似たようなドレスを着た少女がすわっている。

大人の女性がフォーリーに手をふった。かれは手をふりかえして、ふたりに向かって歩きはじめた。このすばらしい場所で具体的な生命体を目にして、かれの胸の内は希望であふれた。

自分が目にしているものはほんとうではない、現実であるはずがないとわかっていた。だが、自分を取り囲んでいるものはたんなる妄想ではない。純然たる精神そのものだ。現実となった悪夢から逃れて小休止をとっているだけだ。まばたきをするだけで、いま目にしているすべては消え去り、デスクの下でうずくまっている自分に戻るだろう。

フォーリーは、この現実逃避をよろこんで受け入れた。どうせ死ぬなら、この幻影の世界にとどまり、畏敬の念を抱かせる風景に囲まれて死にたい。空気は切り花の香りに満ちていた。それを胸いっぱいに吸いこむと、五感がうずいた。

ブランコに乗ってこちらに手をふっているふたりが妻と娘だとすぐにわかった。驚きと歓喜のあまり心臓が止まり、身体中の血管と毛穴から愛があふれ出てくるのを感じた。感情のたかぶりと冷静さが同居している奇妙な感じがした。

自分と家族のあいだにたちはだかる原野の前で立ち止まる。草の丈はかなりあり、点在しているヒマワリよりも高い。フォーリーは立ちすくんでいた――息もせずに。家族はわずか六十メートルほど先にいる。望みはただひとつ。妻と娘を抱きしめて、どれほど愛しているかを伝えたい。

この幻視、この夢を見続けていたら、確実に自分は死ぬ。だが、それは満ちたりた幸せな死だ。フォーリーはその場にいつまでもたたずんで家族を見つめていただろう。もし娘が呼びかけてこなかったら。

「早く、パパ。押してよ」

娘の声は優しくて天使が発しているようだった。それは、かれがしゃべろうとしたさいに発したことのある押し殺したような声ではない。娘がケラケラ笑いはじめた。その子供らしい甲高くあえぐような笑い声が谷間にこだました。

フォーリーは野原を走って横切りだした。なかなか進めない。丈高い草に脚を鞭打たれ行く手をさえぎられるからだ。まるで引き戻そうとしているかのよう。かれは下を見て驚いた。裸だった。にわかに恥ずかしくなっておろおろした。

「服をどうしたの?」妻が叫んだ。

フォーリーはなんと答えてよいのかわからなかったので黙っていた。そのまま草の中を重い足取りで進んだ。悪戦苦闘して前進しつづけた。脚をあげるたびに、草がまとわりつく。見おろすと、草が蛇さながらに脚にからみついている。そこで草をはぎとって千切った。

「早くして、パパ。待ってるのよ」娘が懇願した。

「いま行く、もうすぐだ」

フォーリーは茂みを苦労して進みながら妻を見た。

妻の笑みが薄れはじめた。

「なんで服を着ていないの？　理解できない」妻が言った。

娘は片手で口元を隠してクスクス笑っている。

「説明するよ」フォーリーは大声を張りあげた。

太陽に照らされて温かくなった大きな草の葉が脚をうねうねと登ってきて陰茎の根元に巻きついた。フォーリーは信じられない思いで見おろした。男根が勃起しはじめている。手を伸ばして葉をはぎとろうとする。

草の葉がかれの両側から伸びあがってきて両手首に巻きつき、両腕の自由を奪う。かれはその呪縛からのがれようとして激しくもがいた。肉竿にからみつく草がよじれて蠢《うごめ》きだした。

フォーリーはあらがったが、なめらかで温かい快楽の震えが脊髄《せきずい》を走り抜ける。

「なにしてるの？」ディアドラがきいた。

「ごめん」フォーリーは説明した。「おれのせいじゃない」

「パパ！　わたし、待ってるのよ」娘は声を抑えて笑っている。

草の葉との戦いに額から汗が滴る。

眼前の丈高いヒマワリがかがんだ。その温かくて柔らかな花芯が開く。それが前進してきて、フォーリーの亀頭をスッポリと包んだ。

「いったいどういうわけ？」ディアドラが叫んだ。頬に涙が伝い流れる。

「悪い」フォーリーは声を張りあげたが、オルガスムが体内でふくれあがってくる。

「じっとしていて。こないで！」ディアドラが金切り声を発した。

フォーリーは両目を閉じ、快楽の波動攻撃をぐっとこらえた。自分の人生が、魂が自制できるかどうかにかかっている気がする。できるだけ最悪のことを考えよう。

中学生時代の同級生を思い出した。ニュートだ。そいつはニキビだらけで思春期真っ盛りのデブだった。百四十キロ近くあった。やつのニキビときたらでかくて、いつも破れ出て垂れた膿《うみ》の跡が乾いて顔についていた。ニュートは教室の椅子にすわって、膿の跡をはがし、それをシャツのポケットに入れて持ち運んでいる小型の金属ケースに入れていた。

学校の二階につづく踊り場にひとりですわっているニュートを一度ならず見かけたことがある。瘡蓋《かさぶた》になった膿の跡を泣きながら口に入れていた。

そのきわめて不快な記憶でさえ、いつもなら吐き気をもよおすのだが、今回はだめだ。エクスタシー状態が近い。

フォーリーは目を開けた。極みに達してしまわないうちに妻にあやまりたい。妻と娘はブランコにすわっていた。死んで、皮膚が腐っている。彼女たちの口と鼻から蟲《むし》がはい出てきてぶらさがっている。まるで釣り針に引っかかってくねっているみたいだ。妻は右手でブランコをつかんでいる。左手はない。

「嘘だ!」フォーリーは声を大にして叫んだ。

足元を見おろした。もはや草は男根と両腕を拘束していない。そのかわりゾンビに握られていた。

エイジャがひざまずいている。顔面は崩壊しており、艶やかだった長い赤毛は頭から突き出たモジャモジャの塊にすぎない。彼女の口が大きく開かれた。最初にフォーリーは思った。まだ口の中は精液でいっぱいだと。ところが、その白濁の液体が動いた。口腔で大量の蛆虫《うじむし》が蠢いているのだ。しかもそれはフォーリーの亀頭に対して目と鼻の先のことだ。さらには、肉棒の真っ赤になった先端が脈打っていた。その怒張した肉塊をこすりたてている手を見つめた。

ディアドラの指輪が月光を受けてキラリと輝いた。それでフォーリーはうめいた。

なにが起こっているのか判明したのだ。エイジャがかれの屹立した肉竿を、ディアドラの切断された腕を使ってシコっていたのだ。

　おぞましい現象を目にしながらも意に反して、フォーリーは速攻で達した。男根が蛆虫に精をぶっかけながらピクピクけいれんした。

　ゾンビの淫靡ないましめを解かれたフォーリーは地面に倒れた。そして悲しみの涙を流しながら、射精のあとのうしろめたい疼《うず》きを感じた。ついでエイジャを見あげた。彼女はフォーリーに向かってゆっくりと上半身をかがめた。

「ただ殺してくれればよかったのに」フォーリーは嘆いた。

　エイジャは前かがみになったままだ。フォーリーは目を閉じた。彼女を視界から遮断したい、現実に戻りたい。すると死と花の香りがぼやけた。

　フォーリーは悲鳴をあげようとして口を開いた。とたんに口の中がしょっぱくて生温かい血泥でいっぱいになった。タピオカと似ていなくもない。そこでかれは目を開けた。

　真上にエイジャの顔があった。フォーリーの放出したばかりの欲情の粘液と蛆虫を、かれの口にゲロっている。フォーリーは吐き返そうとするが、その量が半端じゃない。蛆虫が舌の裏をはいずりまわったり喉チンコにからみついたりする。息がつまる。

デスクの下に隠れて空吐《からえず》きをしつづけていたときと同じように、なにも出てこない。蛆虫を目にすると思ったが、なにもない。

胃の中がスッカラカンだ。手の甲で口元の唾をぬぐった。ゾンビが血を滴らせながらデスク脇を通り過ぎていく。

フォーリーは深呼吸をしてから、与えられている選択肢を熟考した。ふたつある。

ひとつは、デスクの下にこのままずっとしゃがみこんでいて、ゾンビに見つからないことを願う。たぶん、見つかるだろうが。もうひとつは、闘いながら急いで逃げ、噛みつかれたり食われたり、引っかかれたりしないことを願う。たぶん、噛みつかれるだろうが。

いずれにしろ、究極の選択だ。とはいえ、フォーリーにしてみれば、悩むことなく容易に選べる。

あの光景は現実ではなかった。わかっている、あんなことはほんとうではない。死んでブランコにすわって揺れている妻と娘の姿を最後に見たいなんて思うものか。生きている彼女たちにもう一度会うために全力で闘おう。

デスクの下から広い室内をこっそりうかがうと、まだ一ダースほどのゾンビがうろついていることがわかった。

あたりを見まわす。出口は六メートル先のドアしかない。その行く手に立ちはだかるゾンビは少ない。ひょっとして駆けぬけられるかもしれない。ゾンビひとりひとりは手ごわいようには見えない。簡単に押しのけられる。集団となると、これは厄介だ。この部屋を脱出して、そのあとはどうなるかわからない。隣の部屋の状況は判断できない。見る前に飛べ！　心配は隣室にたどりついてからすればいい。

まさに立ちあがって突進しようとした瞬間、目の片隅になにやら動くものをとらえた。そこでデスクの奥へ退却し、こっそり様子を見た。近くにゾンビはいない。フォーリーはデスクをはい出て、右方向に進んだ。

ステイシー市長がカウチのうしろに横たわって情勢をうかがっていた。顔面血だらけで、両目を見開いている。フォーリーに気づくと、助けてほしいと目で懇願した。

フォーリーは両手を突き出し、そのまま待機しているように合図をしてからドアを指さした。それから指を三本立てると、声を出さずに、「三分」と口を動かした。ステイシーはうなずいて微笑んだ。鋼鉄製の鋭利な犬歯が口から突き出た。フォーリーはその忌まわしい笑顔を目にしてかなり動揺したが、なんとかそれを隠しながら、デスクの背後に匍匐《ほふく》前進で戻った。

およそ二分ののち、かれはデスクの上に手を伸ばして、けばけばしいウォーター・

グローブ・ペーパーウエイトをつかんだ。それを振ってみた。ウォーター・グローブの中で蝶々が舞う。別に驚くことではない。

フォーリーは用心に用心をかさねてデスクの端に戻った。その一部始終をステイシーがじっと見守っていた。フォーリーはかれに微笑むと、ウォーター・グローブをカウチの横にある石積みの暖炉に投げつけた。

ガラス球が暖炉に的中して爆発した。ステイシーが甲高い声をあげた。そして驚愕のまなざしをフォーリーに向けてカウチのうしろにひっこんだ。

あんたのことなんてどうでもいい。フォーリーは、粉々になったウォーター・グローブに向かってゾンビが足早に進むのを見守った。ゾンビどもが割れたグローブのまわりにたたずんでいる数秒のあいだに、デスクの左側に急いで移動して走り出そうとした。だが、引き返さざるをえなかった。さらなるゾンビが室内に流れ込んできたのだ。

「くそっ」とつぶやきながらも、フォーリーはラッキーだと思った。

ついにゾンビがカウチの背後に潜んでいるステイシーに気づいたのだ。ゾンビはうなり声を発しながらステイシー目がけて猛進した。

「来るな。よせ。触るな！」ステイシーは、つかみかかってくるゾンビに向かってわめいた。蹴とばしてなんとか寄せつけないようにする。が、それも新手のゾンビが背後にやってくるまでのことだった。ステイシーはカウチの前に引きずり出され、ゾンビたちに取り囲まれ、引き裂かれた。

一体のゾンビがかがんでステイシーの首に噛みつこうとした。ステイシーはそのゾンビをつかんで引き倒し、逆に相手の首から大きな肉片を食いちぎった。そして死者の肉をよく咀嚼《そしやく》して呑みこんだ。同時に他のゾンビたちに咀嚼され呑みこまれだした。ステイシーは比類なき激痛とともに比類なき叡智を得た。自分は生命を愛するがあまりに人間を狩り、その肉を食らうこと以外に永遠の時を過ごす方法を思いつかなかったのだ。

フォーリーは立ちあがると、戸口に突進し、うしろ手にドアを力まかせに閉めた。室内を見わたす。もぬけの殻。すべてのゾンビが餌食を探してオフィスに行ってしまった。

フォーリーは安堵の吐息をついた。が、ぐずぐずしている余裕はない。ドアの向こう側で死者の徘徊する音が聞こえる。窓に走り寄り、外の様子をうかがった。通りに人影はない。デスクの上にあった電話を取り、送受話器を耳にあてた。発信音が聞こえない。かれは電話を床に投げ捨てた。そのとき背後で板の割れる音がした。ふりかえると、ちょうどゾンビの腕がドアから突き出たところだった。

フォーリーは大きな窓を開けて脱出しようとした。が、びくともしない。施錠の仕掛けがあるのではないかと思って、あたりをうかがう。そのようなものは見あたらない。背後で、さらにドアが打ち破られた。

「ヤバい」と言って、フォーリーは戸口に向かって走ったが、一メートルほど手前で急停止した。わずかな数のゾンビが廊下をうろついている。床を見おろすと、ジェイがはいずりよってくる。

またもや背後で板が裂ける音がした。今度はドアが完全に砕け散っている。ゾンビたちが雪崩《なだ》れこんできた。

そのとき、ゾンビと化したジェイの手がつま先に触れた。フォーリーは腰をかがめてその手をつかんで窓まで引きずっていった。ジェイは必死に抵抗した。フォーリーはもがきまわる相手のシャツの背中を片手でつかみ、もう一方の手で腰のベルトをつかんだ。といっても、もはや腰から下は食われてなにも残っていなかったが。半身ゾンビのジェイを持ちあげ、窓に向かって力のかぎり投げ飛ばした。ガラスが砕け散った。

フォーリーは窓から飛び出した。間一髪、もう少しでゾンビにつかまるところだった。かれは茂みに着地して大地を転がった。一瞬、呼吸ができなかった。

フォーリーは窓枠にたたずんでいるゾンビたちを見あげた。こっちに向かってうなっている。かれは笑みを浮かべると、ゾンビに向かって中指を突き立てた。ようやくまともに息がつけるようになった。深呼吸をして、いまだに生きていることをよろこんでいると、腕に飛沫《しぶき》を感じた。その液体を拭きとる。血だ。頭上を見やる。ジェイが真上の枝に引っかかっていた。ジェイはひと声うめくと、身体が自由になり、フォーリー目がけて落下してきた。

フォーリーはすばやく飛びのいて、ゾンビ急降下爆撃をかわした。ジェイは数十センチ離れた大地に激突した。しかし、くるりと寝返りをうつと、すかさずフォーリーにはいよってきた。

フォーリーは自分に向かって伸ばされたジェイの両手を素早く蹴とばしてから、周囲を見わたした。あいかわらず道路には人気がない。フォーリーは私有地を囲んでいる石壁まで歩いた。そこで大きなセメントブロックを拾いあげて、ジェイのところに戻った。

「くたばれ」と言いながら、フォーリーは重いブロックを頭上にかかげた。それを渾身の力をこめてふりおとす。ジェイの頭がおぞましい音を立ててグシャグシャになった。ブロックの下から脳みそがチューブからはみ出た歯磨き粉さながらに噴出している。

あらたにドサッという鈍い音がした。フォーリーは視線を走らせた。ゾンビが草の中に横たわっている。そいつは自力で起きあがろうとしたとき、別のゾンビの急降下爆撃をくらい、ふたたびひっくり返った。

フォーリーは自分がさっき飛び降りた窓を見あげた。そこからゾンビがつぎつぎと落下してくる。自らの意思で飛び降りているのか、それともトコロテン方式で後続のゾンビの群れに押されて落下しているのか、いずれなのかはわからない。わかっていることはただひとつ。ここでおたおたしていると見つかる。

フォーリーは尻に帆をかけて逃げ出した。

第十章

1

十二ブロックほど進んだところで、あらためてゾンビの姿を見かけた。それまでちょっと楽観的になっていて、自分はもう安全だと思っていた。ゾンビの大量発生は郊外に集中していて、おれはそこから迅速に脱出したんだ。そんなふうに考えながら、サード・アヴェニューの交差点で一息ついた。右の脇腹に急なさしこみを感じたのだ。痛む箇所を押さえて、青い郵便ポストにもたれて休んだ。

車が縁石沿いに駐車している。すべての建物の明かりが消えている。異様なことではない。たいていの夜、町は早々に眠りにつく。そもそも地味な地域なのだ。とはいえ、不気味な静寂だった。聞こえる音といえば、自分の苦しそうな息づかいだけ。郵便ポストから離れた。長くとどまりたくない。

数ブロック進むと、車が角を猛スピードで曲がってきた。駐車している車にあやうくぶつかりそうなほどの横滑り。

「おい」フォーリーは両手をふりながら車道に飛び出した。

運転手はハンドルを切りなおして、フォーリーのいる道路脇に接近した。しかし今度は、駐車している数台の車に突っこんだ。車の盗難防止警報器が突然鳴りだした。けたたましく甲高い音が耳をつんざく。車はなにかに衝突して横転し、見事な大回転を四度披露して止まった。フォーリーは車に駆け寄った。

運転をしていた男が車からはいでてきた。割れたガラスのせいで顔がひどく切り裂かれている。フォーリーは一瞬、立ち止まった。こいつは生きているのか、それとも死者か？ 運転手はフォーリーを見あげた。

「助けて」男はうめいた。

フォーリーは男に近寄った。相手はフォーリーに手を差し伸べた。フォーリーはその手をつかんで手前に引っぱりながら、どうして男がハンドル操作を誤ったのか理解した。親指と人差し指と中指がなくなっている。手のひらの大部分も失われている。皮膚が傷口から垂れていて、灰色じみた骨がむきだしになっていた。

「うっ」男は前のめりに倒れかけた。フォーリーは相手の両腋に腕を入れて支え、車から遠ざけた。ガソリンの匂いが立ちこめていた。

「なにがなんだか」男はつぶやいた。フォーリーが苦労して男を車から引き離しているときのことだ。

車から十メートルほど離れたところで、フォーリーは男を仰向けに横たえた。男は上空をにらんだ。その目は苦痛と当惑に彩られていた。

「だいじょうぶだよ」フォーリーは男に言った。

「そんなことは言わないだろうな、わたしが目撃したことをあんたが見たら」男は顔をしかめながら言った。

フォーリーはしばし黙って、男の口にした言葉をじっくり考えた。そのうちがまんできなくなった。それで笑い出した。

「こんなときになんで笑う?」男はきいた。「教会で修道女のマーガレットが集団に襲われるのを見たんだ……あんた、それを何人が止めようとしたと思う?」

「ゼロ人!」フォーリーは答えた。

笑い声がさらに大きくなる。頭をのけぞらして、ゲラゲラ笑った。自分の置かれている状況の甚大さをわかっていたし、もっとも犯してはいけないのは雑音を立てることだと理解していた。ゾンビを惹きつけてしまうからだ。それでもバカ笑いをやめられなかった。

「なにがそんなにおかしいんだ。そこいらじゅうで人が死んでいるんだぞ……ったく、もう！」

　男は指さした。フォーリーはふりむくと、あいかわらず笑いながら、あたりを見た。多数のゾンビが曲がり角から現れた。先ほど車が走って通過した角だ。

　フォーリーは立ちあがって男を引き起こした。大笑いが含み笑いにまで減じた。そして男を背後の路地に向かって引きずりはじめた。男はフォーリーを突き飛ばした。

「あんたとはぜったいにどこへもいかない。頭がおかしい」

　フォーリーのバカ笑い発作がまたもや起こった。

「来いよ」フォーリーは笑いの間隙をついて言った。「隠れないと」

「やなこった」男は背中を向けると、足を引きずりながら逆方向へ進んだ。フォーリーはかれを見つめながら、追いかけようかどうか考えたが、やめておいた。

　フォーリーは笑いつづけた。頭がおかしくなるってこんなものなら、狂っても別にかまわないな。頭をのけぞらして思いきり笑った。腹の底から声をはりあげた。逃げ出した男がふりかえってこっちを見ていることにも気づかなかった。

いまや男はゾンビよりフォーリーのほうがおそろしいといった表情をしている。その男が悲鳴をあげた。

フォーリーは男のいるほうに目を向けた。初めはなにも見えなかった。ついで視線を下げた。赤ん坊が男の足元にまとわりついていた。しかも男の脚をしゃぶっている。

「ああっ、嘘だろ」男は自分の脚を蹴りながら泣き叫んでいた。

赤ん坊は少しのあいだ脚にしがみついていたが、じきに吹っ飛ばされ、アスファルトに激突してからフォーリーのところまで転がってきた。

フォーリーはその赤ん坊を見おろした。顔面蒼白で青い染みに覆われている。赤ん坊は口を開いてヘビが威嚇するような音を発した。まだ歯も生えていない乳児だ。

フォーリーはむかついて目をそらした。狂ったような笑いの発作はたちまち消え去った。いまやゾンビの群れがうめき声をあげ、歯ぎしりをしながらやってくるのが聞こえる。赤ん坊がつま先に触れるのを感じた。フォーリーはそいつから離れて顔をあげた。先ほどの男の姿は消えていた。そこで踵を返して、路地に向かって猛然と走った。行き止まりだった。

ゾンビの群れの音が大きくなる。周囲を見まわした。左手に窓があり、かすかに開いている。そこに行き、はいずりあがって中に入り、後ろ手に閉めた。室内を見わたす。薄汚れていて人影はない。使用済みの針と汚れた防水シートが床に散乱している。しゃがんで身を隠し、ゾンビたちが路地にやってくるかどうか様子をうかがった。うめき声と足を引きずる二重の脅威に耳をすませた。一分……五分……十分。脅威は聞こえない。上半身をかがめてじっとしているほうがよいことはわかっていたが、がまんできない。外の様子を見たくてたまらない。フォーリーはゆっくりと頭をあげた。

Ⅱ

一体のゾンビが路地の奥に立っている。ごみのあふれかえった二台の大型ごみ収納器のあいだに。

唯一の明かりといえば、路地をまたいで両側の窓枠に掛けられたネオンサインの光だけ。ネオンサインにはこう記されている。「主を称えよ」。

フォーリーは窓から外を覗いたとき、自分はかつてないほど主の庇護から遠いところにいると感じた。とはいえ、もともと信心深かったわけではない。教会には休日だけ足を運んだ。それも単なる日課のひとつにすぎない。説教壇で口にされる大いなる存在を実際に感じたことは一度もない。儀式に参加していたのは形だけのこと。周囲の人々全員が歌い、涙をこぼし、信じているのを目にして、どうして自分の心にはなにも響かないのだろうと思った。自分の魂は欠陥品なのか？

いま、死者が、異様な死体が窓の外すぐそばを歩きまわっているのを眺めていると、神はいるのだろうかと思う。こんな出来事を許す神々しい存在があるわけがない。カンベンしてくれよ。こんなことはクソB級映画の中でしかありえない。もし神がいて、この悲惨な現状を許しているのなら、自分は教会にまったく関心がなくてよかった。

外を眺めているうちに、右側からなにか接近してくるのが目に入った。

男たちが窓を足早に通り過ぎた。そしてまだ壁に向かって突っ立っているゾンビの近く一メートルぐらいのところで止まった。総勢四人。リーダー格は巨漢で、おそらく背丈は百九十センチ以上、体重は少なくとも百三十キロはありそうだ。その大男がなにを言っているのか聞こえなかったが、身振りは見てとれた。

他の三人の男たち、ふたりは黒の革ジャン、ひとりは白いTシャツを着ている。かれら三人はいっせいにうなずいた。革ジャンふたりがリーダー格の巨漢の両脇にそれぞれついた。

そのときになって、かれらがバールを手にしていることに気づき、フォーリーは安堵の吐息をついた。かれらはただゾンビを退治している、いわゆる自警団だ。

Tシャツ男が地面から空のビール瓶を拾いあげた。巨漢がうなずくと、Tシャツ男はビール瓶をゾンビに投げつけた。ゾンビの背中に命中。バールを持ったふたりの男が左右にわかれて身がまえる。

ゾンビがゆっくりふりむいた。その青いアクセントの効いた白いドレス姿の女ゾンビが足を前に踏み出した。

Ⅲ

「つかまえろ」巨漢のダンテが命じた。ダガーとダチが女に駆けよった。そして同時にバールを突き出し、女を壁に押しつけて動けないようにした。それからボビーが前に進み出て、女のじたばたしている両脚をつかんで前に引っぱった。

女は大きな音をたてて地面に倒れた。ダガーとダチは、すばやくバールの先端を女の前腕に移して大地に釘付けにした。ボビーは女の両脚を離さずにいる。

リーダー格のダンテがようやく進み出た。ついでブーツから刃渡りの長いナイフを引き抜いた。そのナイフで白いドレスの前を切り裂く。女は両脚をばたつかせながら、口からなにやらおぞましい音を発している。これにはさすがのダンテも驚いた。

かれら四人は全米を股にかけてこのようなことをやってきた。たやすいことだ。ひとつの町に長期滞在する必要はない。だれも夜ふけには行かないような場所で夢も希望もついえた女を見つけては性の欲望を満たして次の町に移動する。これまでにレイプした女は三十二人。めっちゃかっこいい数字だ、とかれらは思っている。

だが、今晩の獲物はこれまでとはちがう。たいてい女は強姦されるときに悲鳴をあげる。この女はまるで狂犬病にかかっているようにあらがう。

しかし、レイプ魔四人組は女の反応を素直に受け入れた。強姦稼業には予期せぬことが起こるもの。ダンテはズボンをずりおろし、前にいるボビーを押しのけた。そして手を伸ばして、女のパンティを荒々しく引き裂いた。そのとき、女に蹴りをくらった。この女、かなり不屈の精神の持ち主だぜ。だが、ダンテは女の必死の抵抗などものともせずに両膝をつくと、自慢の宝刀を女の肉鞘に挿入した。

「両脚をつかんでおけ、ボビー」ダンテは腰を動かしはじめながら言った。

指示を受けたボビーは、いわば馬乗りになる形でダンテをまたぎ、ふたたび女の両脚をつかんでV字開脚にすることで、ダンテにレイプしやすいじゅうぶんな空間をこしらえてやった。

Ⅳ

「なんてこった」フォーリーは窓のすぐ外で起こっていることを見ながら胸中でつぶやいた。

目にしていることが信じられない。あいつらは自分たちのしていることがわかっているのか？　一瞬、駆けつけて言ってやろうかと思った。ついでデショーンのビデオ・テープが念頭に浮かんだ。やつが死体とやっている映像はなんともおぞましかった。いつまでも記憶に取り憑いて、夜になれば夢に見そうな光景だった。

デショーンがレイプしていた死人とは異なり、眼前の女は抵抗している。フォーリーがなによりも忌み嫌うのは女性虐待であり、とりわけレイプは最低最悪の行為だと思っている。これまでにかれは、後遺症に苦しむ女性を何人も目にしてきた。強姦されているあいだに女性の心のなにか一部が死ぬのだ。幸いなことに、眼前の女性の場合、すでに死んでいる。願わくは、強姦魔たちに因果応報の罰がくだりますように。

Ⅴ

　ダンテは上体を前に倒して女の乳首をなめはじめた。ピストン運動を激しく繰り出したので、キンタマが女のケツにぶちあたって痛くなりだした。女の顎がダンテに噛みつこうとしつづけている。

「気をつけろ、おまえら」ダンテは息をあえがせながら言った。「こいつ、噛みつき魔だぜ」

「口にはなにも突っこまないほうがいいかも、ハッハ」ボビーが笑った。

「見りゃあ、わかる」とダガー。「噛みつかれるより先に、口にどでかい糞をひってやるさ」

「ああ、その調子だ、ベイビー。ううん。すげえ気持ちいい」ダンテは低いうめき声のあいまに言ってから、ボビーにふりむいた。「どけ。立って、こいつにぶっかけたい」

　ボビーが女の両脚を放すと、ダンテはチンコをしとどに濡れた肉壺から引きぬいて立ちあがった。

「そうさ。このアマに快楽のお露を浴びせてやれ」ダガーは明らかに楽しんでいる。

　ちょうどそのとき、ダガーの手にしていたバールが女の腕を貫通した。まるでナイフを溶けかけたバターに突き刺したように腕がちょん切れた。ガリガリという不快な音がした。すばやくダチを見た。同じことが横で起こっていた。

だれもが茫然自失状態のさなかに、女が上半身を起こしてダンテの怒張した肉棒をくわえた。そして勢いよく顎を閉じて顔をのけぞらした。男根が半分に嚙みちぎられた。

ダンテは絶叫して股間を見た。血が切断された生殖器官から噴出して、女の顔を真っ赤に染めていく。

女はダンテの半分になった肉棒を咀嚼している。赤い鮮血と白い甘汁が口から漏れ出てきた。

ダガーとダチが悲鳴をあげた。激痛がふたりの下腹部を走り抜ける。女の切断された左右の腕がそれぞれかれらのキンタマをきつく握りしめているのだ。

ダンテが地面に倒れた。幽霊さながらに顔面蒼白で、まったく血の気がない。

ボビーはその場に凍りついていた。一ミリも動けない。仲間を助けたいのだが、それができない。女ゾンビがダンテの股間にはい寄り、肉棒の残り半分を口に入れて嚙みちぎるのをなすすべもなく見つめていた。

ダンテは声も出せずに痙攣《けいれん》するばかり。明らかにボビーはショック状態にあり、一歩も動けない。

女ゾンビは欲情のうまい棒の残りを咀嚼して呑みこむと、今度は睾丸の味見にとりかかった。両手がないので、たんにつかんで嚙みちぎることができない。キンタマを口に含むために頭をそらさなければならなかった。さながらアップル・ボビング。

ボビーはつづいて起こった光景に吐き気をもよおした。女ゾンビはすわったのだが、その口からなにかが垂れさがっていた。あまりにもグロテスクだったので、ボビーはしばらく目を閉じ、おぞましいイメージを追い払おうとした。それは静脈とつながっている睾丸だった。静脈は女の二本の前歯にくわえられていて、その先にくっついているキンタマは顎の下でぶらぶら揺れている。

女ゾンビはキンタマを口に入れようとして激しく食らいついた。だが、お目当ての玉は自分の顎にぶつかって跳ねるばかり。まるで子供のころに誕生日パーティで興じたパドルボールのようだ。ボビー自身はそれをするのがヘタクソだった。連打七回が最高記録だった。女ゾンビはかなりうまい。連続二十回のあとで口に入れたのだから。そして齧りはじめた。その光景を目にしたところで、ようやくボビーは行動に出て逃げようとした。が、寸前で止まった。

Ⅵ

フォーリーは、そうした一連の展開を見守っていて、なぜ男がその場に釘付けになったのか不思議に思った。そのときゾンビの一群が窓の前を通り過ぎた。悲鳴がかれらの注意を惹きつけたにちがいない。

フォーリーは窓枠の下に壁を背にしてしゃがみこんだ。もうこれ以上なにも見たくなかった。そして悲鳴を消し去るために両耳をふさいだ。しばらくすると、悲鳴は完全に聞こえなくなった。聞こえるのは、くちゃくちゃ咀嚼する音だけ。

長くはここにいられない。ぐずぐずしていたら、自分は狂った舌のためのフルコースになってしまう。逃げないとだめだ。

Ⅶ

ゾンビたちが円陣を組んで立っていた。フォーリーは見晴らしのきく場所にいたが、なにがおこなわれているのかは見えなかった。ゾンビたちの軽いうめき声が聞こえるばかり。

フォーリーは、ごみ箱の背後に腰をかがめた。なにをしているのかわからないが、とにかくあいつらは夢中になっている。いまならやつらの背後をさっと走りぬけ、気づかれないうちに路地から脱出できるだろう。

立ちあがって走ろうとすると、ハシゴが壁に固定されているのが目にとまった。それは二階のバルコニーへつづいている。ふりかえって、もう一度ゾンビの群れを見た。うめき声をあげつづけている。さらに数が増えている。円陣に少なくとも三十体は集まっている。

ゾンビ集団を見わたしていると、そのうちの二体がこちらを見ていることに気づいた。かれらはフォーリーをじっと見つめ、歯をむき出している。かれは襲来にそなえて用心したが、いらぬ警戒だった。ゾンビはかれを無視して、ふたたび地面を見おろしている。

ゾンビ発生から数時間経過しているが、生者に襲いかかって来ないとは初めてのことだ。そこまで興味津々なものってなんだ？　やつらはなにに見とれている？　ものすごく知りたい。

フォーリーはハシゴを登りはじめた。金属製のステップに濡れた靴底がこすれてキュッキュッと大きな音をたてる。いつなんどき死者の手に脚をつかまれるかドキドキしながら大急ぎで登った。

二階の踊り場に着いて下を見ると、ゾンビはまったく追ってこない。円陣にはさらに参加者が増えている。ゾンビたちの輪の中を覗こうとして背伸びをしたが、まだなにも見えない。そこで三階へつづく別のハシゴを登りだす。もはや単なる好奇心ではなかった。この不可解な現象は、ゾンビ勃発を終わらせる鍵かもしれない。なにかがやつらの関心を惹きつけてやまないのであれば、それを使って簡単に一か所に集めて絶滅させられる。かれは三階に到着したところでふりかえった。

円陣の中央には女性がひざまずいていた。フォーリーには、その女性の背中しか見えない。彼女は二体のゾンビをシコってやっている。彼女にチンコをこすられながら、二体のゾンビは死んでいる唇から涎《よだれ》を垂らしている。彼女の頭がすばやく前後に動いている。自分の前にいるゾンビにあきらかにフェラチオをしているのだ。

まわりにいて円陣を築いている他のゾンビたちはマスをかいている。中にはチンコが腐っていて、センズリをしているうちにポロリと取れてしまうやつもいる。それでも手を前後にゆすっている。哺乳瓶に入れた粉ミルクをお湯とまぜるときのように。

彼女の口の奉仕を受けているゾンビが背中を弓なりにした。するとフォーリーは、ゾンビの死んき出て黒い液体がこぼれると同時にうなり声をあげた。フォーリーは、ゾンビの死んでいるチンコが白い汁を噴出するのを目撃した。

「あぐうっ」ゾンビは精液を女に浴びせながらあえぎだした。匂いの強い粘液の奔流が堰を切って女に押し寄せる。髪に着弾したり、顔中に噴射されたりした。彼女が手コキをしていた二体のゾンビもまた、射精したし、まわりの何体かも快楽に達した。まるで消火栓が破裂したように死者の命の液体が彼女の顔と身体に降り注がれた。

フォーリーは、蠢いてはいずる精液もいくらかあることに気づいた。同時にゾッとした。実際には射精しなかった腐乱死体もいたのだ。そいつらは蛆を放射したのだ。

女は、精をほとばしらせたばかりのゾンビの腐れチンコを放すと、ふりかえってフォーリーに面と向かい、微笑んだ。

フォーリーは、唇がわなわなと震えだして、あやうく気を失いそうになった。女の姿は見られたものではなかった。白濁の毒汁と蛆につま先から頭のてっぺんまで覆われている。左目は男の欲情の蛆で完全にふさがれている。彼女は左手をあげると、その死蟲をぬぐいとり、そのまま口に入れた。そしてあっというまに食べつくした。

あらたなゾンビが快感の絶頂に近づき始めたので、彼女はそちらに顔を向け、噴出物をあまさず口で受け止めた。そして舌をなまめかしく動かしながら唇をなめた。ついで左右の手をそれぞれ伸ばしてゾンビの太マラを握ると、力まかせに引っ張った。

ゾンビはうなった。ただし今回は気持ちがよくて。

フォーリーに向けられた女の目がきらめいた。生き生きとしたまなざし。女はゾンビの顔面シャワーを受けて嬉々としている。

フォーリーは立ちあがると、自分の噴射した精の汁に覆われている妻を見て嘔吐した。ディアドラの笑みがさらに大きくなった。

「ここに来て、あなた」そう言いながら、彼女は死者の男根をこすりたて、腐乱した子種が噴出されるのをどん欲に待ち望んでいる。「こういうのに興奮するんでしょ？来て、参加しなさいよ。あなたは最愛の夫だから、あえて正直に打ち明けるけど、あなたの精液より死者のそれのほうがおいしい」

すべてのゾンビがいっせいに精を爆発させ始めた。さながらホースで散水しているような勢い。すべての精液の放流が、およそ一メートルの宙で出会った。ディアドラの真上だ。そこでひとつにまざり合い、絶頂の雲さながらに渦巻いてから、ひとつの大きな流れとなって彼女に降りかかった。

フォーリーは悲鳴をあげようとして口を開いたその瞬間、腐った男汁が雲から稲妻のように噴出して降り注がれた。うつむいて咳きこんだが、欲情のシャワーの勢いは一向に衰えず、かれは建物内部に押し流された。

逃れようとしてもヌルヌル滑って倒れてしまう。たちまち真珠色の滑液の流れに階段を運ばれた。まるでウォータースライダーに乗っている感じだ。二階下って、ザーメンの海に着地した。その栗の花の匂いのする液体の中で手足をバタつかせて、ゾンビ集団と妻のいる方向へ引き寄せる流れにあらがった。無駄なあがきだった。

ゾンビたちが左右に分かれた。フォーリーは円陣の真ん中へ流され、そこで妻のディアドラと対面した。すでに精液の流れは止まっていた。ようやくかれは上体を起こすことができた。

「どうしてこんなことをさせるの?」ディアドラが泣きながらきいた。その表情は嫌悪と恐怖に彩られている。フォーリーが答えようとすると、妻の顔から煙がたちのぼりはじめ、男の濃乳を浴びた皮膚が溶けてゆく。

かれは妻が目の前でドロドロの汚物に煮詰まっていくのをなすすべもなく恐れおののいて見つめた。ゾンビたちが液化した妻の残滓《ざんし》をすくいとって口に入れはじめた。かれは立ちあがろうとしたができない。精液が突如、固まって身動きがままならないのだ。円陣の中央であぐらをかいた状態で捕らわれていた。

円の内層のゾンビたちがあとずさった。フォーリーは一瞬、こいつらは退却するのかと思った。それはありがたくない。いまこのときに思うことはただひとつ。死にたい、だったから。

生きていたくない。ディアドラがいないなんて。フォーリーはうつむいてすすり泣きだした。

ゾンビたちの雑音が遠ざかっていく。かれは顔をあげた。眼前に見知った顔があった。デル、ジョン、ブライアン、フィル、そしてデショーン……かれらはもはや死んでいなかった。生きている。

「あんたら、ここでなにをしてる？　助けてくれ。おれの妻が……ああ、なんてことだ……溶けちまった。溶けて消えてしまったんだ」

男たちのだれも口をきかないし、フォーリーのことは知らない。じっと見つめているだけ。

デルが最初に動いた。ズボンのジッパーをおろすと、皮被りチンコを引っ張り出してこすりだした。残りのやつもそれにならった。

「マジか。よせ。ぶっかけるな。やめてくれ。ぐちょぐちょになって溶けたくない」

フォーリーは金切り声をあげて起きあがった。一瞬の間をおいて、かれは気づいた。自分がどこにいるのか、そしてまたもやひどい悪夢を見ていたことを。

ハッとする物音を聞いて、室内を見まわした。携帯電話の着信音だ。即座に立ちあがり、じめじめした暗い廊下に飛び出た。ムッとする小便の臭い。空き缶が散乱している。そんなことはどうでもいい。着信音が止まらないうちに電話を見つけることに必死だった。廊下のはずれに近づくにつれて、しだいに着信音がはっきりと聞こえてくる。それは近づいたところで止まってしまうだろう。どうせこれもまた悪夢だ。しかし、携帯電話は発見できると思った。この場所をズタズタに切り裂いてでも見つけだしてやる。とはいえ、できるだけ注目は集めたくない。

着信音が鳴りつづけている。ドアを押し開いた。音がとてつもなく増幅された。部屋の片隅に携帯電話のライトが見えた。その瞬間、着信音が途絶えた。フォーリーは祈る気持ちで駆け寄った。

携帯電話は手のひらに収まっていた。その手は手首で切断されている。フォーリーは室内を見わたして、手の主を探した。部屋はもぬけの殻だった。かがんで携帯電話に手を伸ばす。リーン！　かれはふたたび鳴り出した着信音に飛びあがった。

「くそっ」フォーリーは胸を押さえながらつぶやいた。

あらためてかがんで、切断された手から携帯電話を引きぬいた。そう簡単にはいかないと思ったが、けっこうすんなり取れた。そして呼び出し音に応じたが、すぐに切れてしまった。相手がだれだかわからないが、一言もいう暇がなかった。それにどのみちよい知らせは相手に伝えられない。なにしろ、携帯電話の持ち主は明らかに死んでいるのだから。フォーリーは自宅に電話をした。

「頼む」かれは呼び出し音が鳴りはじめると、そっと口にした。八回鳴ってから通じた。

「もしもし」妻が静かに答えた。

「よかった」そう言って、フォーリーは泣き出した。「きみの声が聞けてうれしいよ」

「どうしたの？　どこにいるの？」ディアドラが困惑気味にきいた。いままで眠っていたようだ。

「いまはそんなことどうでもいい。家に帰ったらすべてを話す。ジョシーを起こして、いっしょにガレージの収納庫に閉じこもっていてくれ。いいかい？　隠れているんだ」

「わかんない。あなた、どうしてここにいないの？」

「あとで説明する。いまはその時間がない。きみたちは危険なんだ。ぼくの言うとおりにしてくれ、いますぐ。ジョシーを連れてガレージに行くんだ」

「わかった。切らないで」

フォーリーの気持ちは感謝と不安のあいだをうろつきまわって、いっこうに落ち着かない。自宅内を移動する妻の足音が聞こえる。ドアが開けられて、背後で穏やかな話し声が聞こえた。

「眠たい」とジョシー。

「そうよね、ハニー。でも、行かないとだめなの」ディアドラが娘に言っている。

娘の声を耳にして、フォーリーの頬を涙が伝い流れた。情緒に溺れるあまり、切断された手が自分の脚をはいあがってくるのに気づかなかった。

「いいわよ、フォーリー。いまガレージに向かってる。なにがなんだかわからないけど」

「あとで話す、約束する。とにかくすばやく行動してくれ。安全じゃないんだ。危険が……あああっ！」

切断された手がフォーリーの右の睾丸をつかんできつく握った。フォーリーは携帯電話を落として、切断された手を股間から引き離そうとした。ディアドラが自分に話しかけているのが聞こえたが、なにを言っているのかはわからない。

手が睾丸を万力のように締めあげる。タマが破裂しそうだ。かれは激痛のあまり膝を屈した。そして切断された手がもういっぽうのタマにつかみかかろうとしたすきに、そいつを引っぱった。力いっぱい引き寄せると、ようやくまたぐらから離れた。

つかまれたそいつはもがきまわり、あわよくばもう一度キンタマにつかみかかろうとする。かれはその手を壁に思いきり投げつけた。すると跳ね返り、甲を下にして床に横転した。ついでじたばた暴れまわり、今度は手のひらを下にしてひっくりかえると、ふたたびフォーリーに向かってきた。まるでおぞましいカニがはうように。

フォーリーは立ちあがって、室内を見まわした。床にビール瓶が転がっている。それを拾いあげて壁に打ちつけて割り、手のバケモノに向けてかまえた。そいつはふたたびフォーリーの足元に達していた。かれは後退して腰を落とし、はい寄る手に割れたビール瓶を突き刺した。瓶は皮膚を破って貫通した。

フォーリーは仕留めた手を拾いあげた。突き刺さっている瓶がくねくね動いている。窓辺に行って外を覗き見た。なにも見えない。窓を開けて、手を外に投げ落とした。瓶がアスファルトにあたってこなごなに砕けた。

フォーリーは窓を閉めて、落とした携帯電話の場所に足を引きずりながら戻った。痛みはアドレナリン急増のせいで当座は感じない。かれは途中で立ち止まった。

「くそっ」

携帯電話が床に横たわっている。こなごなになって。

第十一章

I

痛みが打ち寄せてきた。睾丸にふれてみる。ひとつはだいじょうぶ。だが、もうひとつはローストされた軟骨のような感触。

できるだけ痛みをこらえる。携帯電話が壊れてしまったので、妻と娘の安否がわからない。だからといって手をこまねいているわけにはいかない。

フォーリーは出発した。たとえ火の中水の中、なにがなんでもわが家に帰らねば。

正面玄関から外を覗く。ゾンビが往来している。さて、どうしたものかと思案していると、ヴァンがやってきた。ゾンビたちがそちらに歯をむき出して顔を向けた。

銃声が起こった。死者たちの頭部が破裂し始めた。

「なんだ？」フォーリーはもっとよく状況を把握しようと身を乗り出した。

ヴァンはスピードをあげ、ゾンビの大群に突っこむと、つぎつぎと引きつぶしていった。

ヴァンのサイドパネルにスロットがついていた。その細長い穴からふたりの男がショットガンでゾンビを大量殺戮している。まるで射的場。そこいらじゅうにゾンビが倒れている。

ヴァンは通りを五往復してから停車した。真っ黒な車体には白ペンキで〈ZS〉と大きく記されている。

ドアが開いて、ロカビリー音楽が流れ出た。二人の男が降りてきた。ともにショットガンを手にしている。通りを行ったり来たりしながら、倒れているゾンビを蹴って、今度こそまっとうに死んだかどうか確かめている。

フォーリーはドアを開けて外に出た。

長身でスキンヘッドの男性がふりむき、ショットガンをかまえた。

「撃つな！」フォーリーは両手をあげて叫んだ。

男は銃をさげた。

「いいかげんにしろや。背後から忍び寄るもんじゃねえ。ゾンビがうろついているご時世じゃなくてもな。おまえ、あやうく頭を吹っ飛ばされるとこだったぞ」

「悪かった」とフォーリー。

「ほかには何人いる？」

「おれだけだ……家に戻る途中なんだ」

男は鼻先でせせら笑った。

「へっ、今夜はいろんなやつと出くわしたよ。ほとんどが家から逃げ出そうとしていた。安全な場所を求めて……そんなところがあればの話だが。初めてお目にかかったよ、家に帰ろうとしているやつに」

フォーリーは男に歩み寄った。

「妻と娘が家にいるんだ。無事かどうかたしかめたい」

男はフォーリーをちょっと見つめてからうなずいた。

「まあ、そうだろうな」男は手を差し出して微笑んだ。「ゲイリーだ。おれたちは〈ゾンビ処理隊《スクワッド》〉」

Ⅱ

フォーリーは走行中のヴァンの中で聞き耳をたてた。

〈ゾンビ処理隊〉は、一種のお遊びで結成された。メンバーは全員、ホラー・マニアだ。かれらは、もしゾンビが勃発したらどうするかを語り合うウェブサイトを開設し、自分たちのことをゾンビ・バスターズとして位置づけていた。ゾンビ出現による緊急事態のさいに救助活動を行うヒーローだ。

これまでかれらはTシャツや他のグッズを製作していたが、それ以上のことは期待していなかった。ウェブサイトは受けがよく、閲覧数も多かった。かれらは自前のTシャツを着てホラー大会に参加した。おかげですぐに認知度が高まった。

あげくのはてには、ゾンビに関するセミナーを開催するように依頼された。かれらはすべてに真剣に取り組んでいた。だからこそ功を奏し、人々はかれらの話をうのみにした。

とはいえ、まさかゾンビに関する自分たちの知識が実用性をおびるとは夢にも思っていなかった。かれらはニュースで異常事態を知り、ついで惨状を目の当たりにして、すぐに行動を開始した。

すべてのメンバーが実際に意気揚々と行動に出たわけではないが、ほとんどが参加した。そして、何台ものヴァンに乗り合わせて町のパトロールに出て不死者を破壊しまくっているというわけだ。

「すでに町のふたつの区域を一掃した」ゲイリーは得意気に言った。

「北側は？　どんな様子かな？」

「まだ北側は手つかずだ」ゲイリーは言った。「だけど、その地域に関する話はこれまであまり聞いていない。ということは、そこはまだ比較的安全か……それとも」ゲイリーは言葉尻を濁した。

はっきり言う必要はない。フォーリーは、相手の言おうとしたことを最後まで聞かなくともわかった。

「まあ、じきにわかるさ」ゲイリーはようやく言いおえた。

フォーリーは、〈ゾンビ処理隊〉が陽気に手早くゾンビを始末していくのを見守った。かれらにとって、それは現実となったヴィデオ・ゲームであり、存在理由でもあった。

かれらはパンクなルックスやタトゥー、ピアッシングのせいで、おそらく人生の大半を見下されてきたのだろう。脇に追いやられ、仕事をまわしてもらえず、不当にあつかわれてきた。それでもいまではヒーローだ。本領を発揮しているようだ。まさにこのときのために修練を積んできたのだ。

だが、フォーリーはかれらを見つめて思った。かれら全員が、こんなことが現実になる日を期待していたのだろうか。そうじゃないだろう。というのも、突然ゾンビが発生したとき、メンバーの多くが脱会したからだ。それでも根性のあるやつはこうして活動している。フォーリーはそのことに感謝した。

デルが生きていたら、きっと〈ゾンビ処理隊〉の優秀なメンバーになっていただろう。単独でかなりの数のゾンビを素早く始末したはずだ。デルがいなくて寂しい。驚きだ、一夜の惨劇を乗り越えただけで、これほど絆が深まるとは。

それにしても、デルの考えはまちがっている。地獄になんか堕ちていない。家族といっしょに天国にいてほしい。自分もまた、妻と娘というふたりの守護天使をいますぐにも必要としている。

「だいじょうぶか？」ゲイリーがきいた。フォーリーが涙をぬぐっていたからだ。

「いや。だいじょうぶなわけがない」

「家族に会わせてやる。約束する」そう言って、ゲイリーは顔をそらして窓の外を眺めた。

「ゾンビはそこいらじゅうにいるのか？」フォーリーはたずねた。

「四つの州の各派閥から報告が入っている。かれらもまたゾンビを始末しているさいちゅうだ」ゲイリーはふりかえって言った。

「ちくしょう。ここだけだと思っていたのに」

「ちがうね。おれたちはそのことに感謝している」

「感謝している？」

「そう。この地域だけの現象なら、おれたちみな核兵器で消されておしまいさ。ところが、各地域で起こっているとなると、政府もほかの解決策を見つけないといけない。それまではおれたちの仕事なんだ、みんなの安全を……命を守ることが」

ヴァンがタイヤをきしらせて急停止した。

フォーリーはフロントガラスの外を見た。

一ダースほどのゾンビが前方の道路を歩行している。だが、急ブレーキの甲高い音に気を惹かれたらしく、大挙してこちらに向かってきた。

「害虫駆除のお時間ですよ」ゲイリーは音楽の音量をあげながら言うと、スライド・ドアを開けて外に飛び出した。

ボンネットを背にしたゲイリーは自動小銃AK－47を連射しながらなにか言っているが、フォーリーには大音量の音楽と銃声のせいで聞きとれない。

矢継ぎ早に放たれる銃弾にゾンビの頭がつぎつぎと破裂して血のシャワーを噴出させた。その大殺戮のあとでゲイリーは歩きまわりながら、ゾンビがすべて息絶えていることを確認していく。

フォーリーは一部始終を顔色ひとつ変えずに観察していた。慣れはおそろしいものだ。

ゲイリーはご満悦の体でヴァンに戻り、スライド・ドアを閉めた。

「あんたのことを信心深いタイプとは思わないけど、やつらを撃つさいに神をたたえたか？」フォーリーはきいた。

「いや」とゲイリー。「ロメロ監督をたたえたね。まあ、同じようなもんさ」

ヴァンはそれから数回停止して虐殺行為を繰り返しながら、〈ゾンビ処理隊〉は町を進んだ。フォーリーはもう見るのをやめた。ただ車内で待機していた。

ほどなくして、一行を乗せたヴァンはフォーリーの住んでいる区域にさしかかった。

通りは静かだ。フォーリーは周囲に視線を走らせた。ゾンビの姿は見あたらない。ここにいた形跡もない。

フォーリーはヴァンから飛び出ると、ゲイリーにふりかえった。

「乗せてくれて助かった。あんたのおかげだ」

「いいってことよ。おれの仕事さ」

CB無線の音が聞こえた。フォーリーにはなにを言っているのかわからない。ゲイリーが運転手に顔を向けると、相手はうなずいた。するとゲイリーはフォーリーに向き直った。

「他のヴァンが援護を要請している。くそたれゾンビの大群がショッピングモールを急襲している。これからそこに突撃して、モールにたむろする腐ったチンピラどもに対するおれたちの見解を披露してやる」

ゲイリーは背筋を伸ばして、フォーリーに敬礼した。

フォーリーが答礼するより早く、すでにヴァンは発進していた。かれは去っていくヴァンをしばらく見送った。感謝と危惧の交錯した気持ちでいっぱいだった。

フォーリーは自宅に向かって歩いた。

第十二章

I

フォーリーはゆっくりと家に近づいた。玄関へつづくドライヴウェイを進むにつれて呼吸が重苦しくなる。電灯が消えているので、あたりは暗くて不気味だ。そこを通りぬけ、いよいよ自宅にたどりついたとき、興奮しながらも罪の意識を感じた。ガレージまであとわずかという距離で光に目がくらんだ。すばやく両目を片手で覆って、まぶしい光を避けた。最初は頭が混乱した。それほど強烈な光だった。だが、それは当然のことだった。そのように設定されていたからだ。

数か月前、妻は出勤の支度をしていた。いつもと変わらぬ木曜の朝のことだった。大地に朝露が降りていて、小鳥はさえずっている。常軌を逸したところはない。ディアドラの日課は精緻な時計さながら。

　家族三人で朝食をとったのち、妻は、「いってきます」のキスを夫と娘にしてから出かけた。

　フォーリーは食器洗いにとりかかった。一分ほどして、ドアがふたたび開けられる音がした。妻はかなり几帳面な性格で、長年の夫婦生活において忘れ物をしたことは一度もない。

「車が荒らされてる」ディアドラは見るからにおびえた様子で言った。

「えっ？　なにか盗《と》られた？」フォーリーは言った。

「カー・ステレオがない。ほかはわからない」妻はいまにも泣き出しそうだ。暴力的なものと向かい合うことが苦手な彼女にとって、車上荒らしはまさに暴力的なものだった。

「よし。しっかりして。ぼくが見てくる」

　フォーリーは通りすぎざまにディアドラの肩に手をのせた。そのせいで、それまでこらえていた感情が堰を切ったようにあふれ出た。彼女はフォーリーをきつく抱きしめ、その胸に顔を埋めて泣きじゃくった。

「だいじょうぶだよ、ハニー。なにも問題ない」フォーリーは妻をなだめながら穏やかに言った。

フォーリーはディアドラを抱きしめた。彼女が号泣しているときは、なにを言ってもだめだ。高ぶった感情がおさまるまで抱擁していてやるしかない。

警察に通報したほうがいいのかもしれないが、いますぐにでなくともかまわない、とかれは思った。どのみち手遅れ、後の祭りなのだから。

そのとき、ジョシーが戸口にやってきた。

「ママ、だいじょうぶ?」娘が怯えた口調でたずねた。

フォーリーはジョシーに向き直った。

「うん、ハニー。ママはだいじょうぶだよ。いまちょっと悲しいだけさ」

「どうして?」ジョシーはきいた。

フォーリーは、なんと答えたらいいかと頭をひねった。娘にはぜったいに嘘をつきたくない。二人の関係は常に信頼の上に築かれてきた。それでも、真実を知ることでより深く傷つくことがある。どろぼうが戻ってくるかもしれないと心配して、娘は眠れない夜を何日か過ごすだろう。それに、ほんとうに嘘をついているわけではない、正確には。

「ときにはちょっと悲しい気分になることがあるよね」

「うん」ジョシーは母親をよく見ようとして頭をかしげながら答えた。

「そうなの、ジョシー。ママはね、そんな気分になっただけ」と言って、ディアドラは顔をあげて、頬の涙をぬぐった。

フォーリーが抱擁していた腕の力をぬいたので、彼女は娘にふりむいた。そして駆けよると、腰をかがめて娘を抱きしめた。

「悲しまないで、ママ。だいじょうぶよ。わたしが相手をしてあげる」ジョシーは優しく言った。


その記憶がまだ脳内に残っていたので、フォーリーは手をのばして保安灯を前に引っぱった。ついで手早く側面の蓋を開けてバッテリーを取り出した。それを地面に落としてからガレージに足を踏み入れ、後ろ手にドアを閉めた。

「フォーリー、あなたなの？」ディアドラが頭上から叫んだ。

フォーリーは膝からくずおれそうな気がした。感情のツナミに押し流されそうになる。

「フォーリー？」

フォーリーは返答することができない。なんと言ってよいのかわからない。だが、ついに答えた。娘の声を聞いたからだ。

「ダディ?」ジョシーが言った。

「うん、そうだよ。ただいま」

収納スペースの扉が開いて、折りたたみ階段が降ろされた。

ディアドラがゆっくりと降りてきた。

フォーリーは駆け寄って妻を抱きしめた。

この夜のあいだ、フォーリーは希望を何度も失いかけた。が、遠ざかる希望にしがみついていられたのは、妻と娘たちがどれほど自分を必要としているかを、その逆に、自分が彼女たちをいかに必要としているかを想いつづけたからだ。

自分は妻と娘をこのゾンビ襲来から守ること以外なにも望まない。いま、わが家のガレージに立ち、妻をしっかりと抱擁しながら、フォーリーは泣き崩れた。

「どうしたの?」ディアドラがきいた。

「上に行こう、そこなら安全だ。それから話すよ……少なくとも自分の知っていることすべてを」

フォーリーとディアドラは屋根裏の収納スペースに上がり、折りたたみ階段を引きあげてからハッチを閉めた。それからフォーリーは妻に状況をできるだけ詳しく説明した。そのさい、ポルノ映画出演の件は省略して、仕事のストレスを解消して頭をスッキリさせるためにドライブに出かけていたと語った。

話を聞くうちに、ディアドラの両目が大きく見開かれていった。

きっと妻はおれの頭がおかしくなったと思ってる、おれの話を一言も信じないだろう。立場が逆だったら、おれだって信じない。フォーリーはそう思ったが、妻はすべて受け入れた。夫は自分にけっして嘘をつかないと知っていたからだ。嘘はかれの性にあわない。

フォーリーは妻と娘をしっかり抱きしめて、避難所としてのロフトが自宅にあることを神に感謝した。

そのロフトは本来、ガレージ天井裏の収納スペースとして造られた。そこに上るには、ガレージの奥に行き、天井から垂れ下がっているロープを引く。すると天井のハッチが開いて、折りたたみ階段が降りてくる。その階段を上るのは簡単だ。

収納スペースには電灯が設置されていて、そのスイッチは下のガレージで操作する。明かりは電灯しかない。窓がないからだ。スペース自体は広々としている。およそ幅八メートル、奥行き十メートル。収納スペースとはいえ、これまでなにも置いてなかった。したがってその空間はがらんどうだった。

かれら夫婦はこれまで何度も話しあいをした。いっそのこと、このロフトを来客用の寝室に改装しようかと。そうすると窓やドア、ちゃんとした階段が必要になる。しかし、これまでそうした工事をする金銭上の余裕はなかった。

その結果、いまそこはかれらの完璧な避難所として役立つことになった。ゾンビはドアを破壊し、窓を割って侵入してくるが、壁ははいあがれない……少なくともいまのところは。

フォーリーは木製の床に横たわった。片腕に妻を、もういっぽうの腕に娘を抱えて。かつてこれほど幸福だったことはない。同時に疲労困憊《こんぱい》したことも。

「わたしたち、だいじょうぶ？」ディアドラが眠りかけているフォーリーにきいた。

「ああ。心配することないよ。こうしてまた家族いっしょになれたんだから」

ディアドラは顔を寄せてフォーリーの唇にキスをした。フォーリーにとっては最高にして最悪のキスだった。

最高だと言うのは、妻を愛していて、それまでもう二度と彼女の唇を感じることはないだろうと恐れていたからだ。最悪だと言うのは、今晩してきたことを自分でよくわかっていたからだ。

相反する感情の板挟みになりながら、フォーリーは眠りに落ちた。ありがたいことに、今回は夢ではなかった。

Ⅱ

翌日、フォーリーは頭が混乱した状態で目覚めた。なにが起こったのか理解するまでに手間どった。すばやく上体を起こすと、腰のあたりに激痛が走った。

「ああっ」フォーリーは思わず声をあげた。背中で筋肉が飛び跳ねたのだ。

ディアドラが駆けつけた。

「どうしたの？」

「背中をつった」

ディアドラはフォーリーの背中をさすって筋肉をほぐしてやった。数分後、痛みがやわらいだ。

「だいぶよくなった」妻の手を握って、フォーリーは言った。

「おはよう、ダディ」ジョシーが人形を抱いて闇の中から現れた。

「やあ、かわいこちゃん」フォーリーは答えて、立ちあがると娘を抱きあげた。そしてキスをし始めると、ジョシーはクスクス笑った。

「どのぐらい眠ってた？」かれは娘へのキス攻撃のあいまにディアドラにたずねた。

「十二時間近く」

「やばい。なんで起こしてくれなかったんだ？」

「ぐっすり眠ってたから。邪魔したくなかったの」

「外でなにか物音がしなかったか？」

「ええ。少し」

「どんな？」

「うまく説明できない。いろんなものがまざった音」

「まずいな」フォーリーはジョシーを床におろしながら言った。

「これからどうするの？」

「そうだな、まずは、ぼくが下のガレージに行って必要なものをあさってくる」

「ほんとうに悪い人たちがいて、わたしたちはここに隠れていないとだめなの？」

「うん。やつらは冷酷非道なんだ」

「わかった。なにか手伝う？」

「いや。ジョシーとここにいてくれ。そんなに長く下にいないから」

「いいわ」

　かくてフォーリーは下のガレージにつづくドロップダウン式ドアを開けた。そしてディアドラにふりかえった。

「ぼくが降りたら閉めてくれ。安全のために」

「でも、なにか起きて、すぐに戻ることになったら？」

「いざとなったら自分でなんとかする」

　フォーリーは折りたたみ階段を降りた。頭上のドアが閉じられた。すでに暗かった。ふたたび夜だ。日中を寝て過ごしたことになる。

　フォーリーは闇の中、ガレージを探った。懐中電灯を使うこともできるが、注意を惹きたくなかった。まだこの付近ではゾンビの動きを感じられないものの、それだけが唯一の心配の種ではない。

　自分にはかぎられた物資と守るべき家族がある。それらが奪われることだけはぜったいにいやだ。だれにも、そいつが生きていようと死んでいようと、自分たちの隠れ場所を知られたくない。

　ガレージ内は箱が山積みになっている。ほとんどがクリスマスの飾りや夫婦で長年苦労してコレクトしたガラクタでいっぱいだ。

　フォーリーは整理整頓魔だった。そのせいで箱は、中身をきちんと黒マジックで記されて、ガレージ内の周囲の壁に積みあげられていた。

明日、太陽が昇ったら、箱を調べよう。今夜は、より快適に上で過ごすのに役立つものをいくつか探すだけにしよう。

アウトドア・チェア四脚、エアマットふたつ、そして折りたたみテーブル一台を上に運んだ。

食料については、肉が大量に保存されている冷蔵庫やガス・グリルがあった。が、それらを上に運ぶのは無理だ。調理はフォーリーがガレージでするしかなさそうだ。以前キャンプに行ったときの水が二、三ガロンあまっていた。飲み水はそれしかない。古着を入れておいた袋も見つけた。もはやサイズの合わないものばかりだったが、なにもないよりましだ。全体として、収穫は上々だ、とフォーリーは思った。しばらくはなんとか生活できるだろう。これでゾンビ大発生を乗りきれるといいのだが。

かくてフォーリー一家はガレージの屋根裏に籠城して、未曾有《みぞう》の大災厄の終結を待った。

Ⅲ

翌日、外でゾンビが徘徊する物音を聞いたと思った。だが、たしかではない。外を覗く危険は冒したくない。たんなる自分の気の迷いであってほしい。

その次の日、やつらが外にいるのはまちがいなかった。死臭がした。

Ⅳ

一週間後、フォーリー一家はなんとかくじけずに毎日を元気に生きていた。苦難の人生を前向きに歩むのはたやすいことではないが、家族としての相手がいた。ディアドラとジョシーには外で実際に起こっていることをぜったいに目にしてほしくない、とフォーリーは思っていた。

かれは、デルのこと、およびあの夜にふたりで体験したことを頻繁に考えた。現実とは思えない。あの晩、多くのことを体験したが、それは身から出た錆《さび》だった。ひとつの道を選択したが、いまやその道は破滅へとつづいている。

罪の意識に身が裂かれる思いだった。ディアドラに嘘をついたのは今回が初めてで、それがフォーリーには心苦しい。かれは妻が自分に話しかけてくるたびに、問いただしてほしい、そしてなんとか理解してほしいと思った。それでも、彼女は窮屈な潜伏生活にけっして不平不満を口にすることがなく、あの夜のことについて質問してくることさえなかった。

フォーリーは、自分は許されたのだと思った。そう思っても気分はよくならなかった。これが世界の終わりなら、嘘をつかれている状態で家族を死なせたくない。真実を告白しても、妻は許してくれるだろうか？　わからない。

その答えは、焼き魚の夕食後にあたえられた。

「聞きたいことがあるの」ディアドラが穏やかな口調で言った。

ジョシーは部屋の隅にいて人形で遊んでいる。

「いいよ」フォーリーは息を喉につまらせて言った。

「世界がこんな状態になった晩に、あなたはドライブに出かけていた、と言ったよね？」

「うん」

「そして」と言って、ディアドラは押し黙り、傍目にわかるほど不愉快そうに顔をゆがませた。「車が大破して、ケイタイもこわれた」

「そうだよ」フォーリーは答えたが、頭はくらくらして、心臓が口から飛び出しそうだった。

「でも、わからないのよ、服はどうしたの?」

フォーリーは目をそらした。答えられない。服のことは気づかなかったし、それについて説明をする事態になるとは思いもしなかった。あの晩はショックのあまりそこまで考えがいたらなかった。

「その顔から、だいたい察しがついたわ」ディアドラはふてくされた様子で言った。

ディアドラが立ち去ろうとしたので、フォーリーは彼女の腕をつかんだ。

「きみが考えているようなことじゃない」フォーリーは言った。

ディアドラはかれから離れようとしつづけている。

「ちがうの?」ディアドラは希望に満ちた面持ちで応じた。

「いや、そのう……ぼくがバカだった」

「どうして?」

フォーリーは大きく息を吸いこんだ。永遠につづくかと思われる深呼吸。自分には心を決めなければならないことがある。むずかしい決断をしなければならない。そしてようやく妻に真実を打ち明けた。

「そういうことなの」ディアドラは夫の告白を聞きおえたところで言った。

フォーリーはてっきり泣かれるものと思っていたが、ディアドラはまったくの無表情だった。

「ぼくが悪かった」フォーリーは妻の許しを請いながら言った。

「あやまっても覆水盆に返らずよ」

フォーリーはおどおどして涙が出そうになった。するとディアドラがかれの頬に触れた。

「だいじょうぶ」妻は言った。

フォーリーは彼女を希望をこめて見つめた。どうか妻が嘘をついていませんように。

「疲れたわ。もう眠りたい」ディアドラはかれの頬から手を離した。

V

フォーリーはガレージ上の収納スペース兼ロフトで椅子にすわっていた。ディアドラとジョシーは、その右側に敷いてあるエアマットで静かな寝息をたてて眠っている。

かれは妻と娘を見て微笑んだ。こんなに穏やかに眠っているなんて、ここにきてから初めてのことだ。フォーリーはため息をついて、いつの日かふたたび自分もそのように眠りたいと思った。

ディアドラに真実を打ち明けるのはつらかったが、そのぶん心から大量のレンガが取り除かれたような気がする。かれはエアマットで眠っている妻に寄りそった。世はすべてこともなし。かれはうとうとと眠りに落ちた。

フォーリーは目覚めると冷や汗をかいていた。寝返りをうち、腕を妻にまわそうとしたが、横にはだれもいなかった。寝ぼけているのか。しばし、心を落ち着かせてから、まどろみから覚醒しようとした。

「ハニー」かれは静かに言いながら、闇の中を見すえようとして目を細める。返事はない。

かれは上半身を起こした。そのせいでエアマットがきしみ、ジョシーがかすかにうなった。

「ディアドラ、どこだ?」今度はもう少し声を大きくした。

そしてエアマットの横に置いてあった懐中電灯を取って、立ちあがった。スイッチを入れて闇に向ける。まず椅子を照らしだす。そこにすわって眠っているかもしれない。だれもいなかった。

「ディアドラ」もう一度呼んだ。今回は半ば叫んでいるような感じになった。ほんとうに心配になりだした。ガレージに降りるための跳ね上げ戸のところに行った。そのさい、歩きながら部屋の隅々を懐中電灯で照らした。立ち止まり、完璧な円を描くようにして周囲を光で探査した。ジョシーは小さいサイズのエアマットで眠りつづけている。

妻の名前を大声で呼ぼうとしたとき、物音がした。これまで生きてきて初めて耳にする、恐ろしくて、最高に絶望にみちた音だった。ガレージの扉が開きはじめたのだ。すばやく身をかがめ、跳ね上げ戸を開けて階段を降ろした。下に行こうとすると、ディアドラの叫び声がした。

「降りて来ないで、フォーリー！」彼女が大声で叫ぶと同時に、ガレージの扉を開けるモーター音が途絶えた。

「なにしてる、ディアドラ？」フォーリーはきいた。心臓が早鐘を打っている。

「しなければいけないこと」彼女は答えた。

フォーリーはゆっくりと階段を降りはじめた。

「フォーリー、来ないで」ディアドラが牽制した。

ガレージの扉がふたたび開きだした。だが、数秒してまたもや動かなくなった。

「ディアドラ、外に出るな。きみは外の様子をまったく知らない。きみがめちゃくちゃ怒っているのはわかる……けれど、そんなことするな」

ディアドラは泣きだした。フォーリーの胸はいまにも張り裂けそうだった。膝がガクガクして、このままだと階段から落下しそうな気がした。かれはディアドラに背を向けた格好で階段を降りている途中だった。顔はまだ上の収納スペースに向けられている。したがって、うつむくようにしてふりかえった。それで少しは妻の姿を見ることができた。

昼間だった。日の光が射しこんでいて、ガレージ内部は明るい。

ディアドラは、八十センチほど開きかけた扉の前にたたずんでいた。泣きはらして真っ赤になった目が深い悲しみを物語っている。左手にガレージドア・オープナーのリモコンを持っていて、指を開閉ボタンのあいだに置いている。しばし互いに見つめ合ったのち、彼女が口を開いた。

「あなたのしたことが信じられない、フォーリー。どうして？　なんで？　そんなことができるの？」

「ごめん。どうかしてた。自分でもわかってる、ほんの出来心だよ。これまできみを傷つけることをしたことがない。だよね？」

「でも、したのよ」ディアドラは、新たに頰を流れる涙をぬぐいながら言った。「わたしじゃ満足できないの？」

「いや、きみは最高だ」

「なら、どうしてほかの女の人とするの？」彼女は声を張りあげた。

「ヤったわけじゃない」フォーリーは応じた。

「なんとでも好きなように言えばいいわよ。けっきょく、わたしにしてみれば同じことなんだから。わたしはすべてをあなたに捧げたし、心から愛しているのに、それでもあなたは不満なのね」彼女は声をあげて泣いた。「わたしじゃものたりないのよ」

フォーリーはステップをもう一段降りた。

「近寄らないで」ディアドラは啜りあげながら叫んだ。

フォーリーは、どうしたらいいか考えはじめた。ここで長々と口論しているわけにはいかない。やつらに勘づかれてしまう。

「とても傷ついたわ、フォーリー。あなたと出会ってから幸せだった。それまでの人生で初めてのことだったのよ、自分が幸福だと感じたのは」

「ぼくも幸せだったし、いまもそうだよ」

ディアドラはかれを無視して先をつづけた。「昨晩は

「ずっと屋根裏であなたを待っていた」唇がワナワナと震えている。いまにも泣き叫びだしそうだ。そこでディアドラは深く息を吸い、感情を抑えようとした。「昨晩は人生最悪の夜だった。あなたを失うと思うと、とても耐えきれなかった。あなたのいない人生は想像できなかったし、いまだにできないわ。ただちがうのは、もうあなたとともに生きる人生もまた思い描けないということ」

「ディアドラ、頼むよ」フォーリーは懇願した。

「お願いしてもだめ。あともどりはできない。わたしたち夫婦ってほんとうだったのかしら。なにかいけないことを、わたしがした？」

「きみはなにもまちがったことをしていない。きみに落ち度はまったくないんだ。問題はこっちにある」フォーリーは目を閉じ、涙があふれ出てくるのを感じた。

「とんでもなく厄介な問題がね。もう二度とあなたのことを信用できない……」ディアドラは一呼吸おいてからつづけた。「……いっしょに暮していて、いつも思ってた。あなたがどんなことを考え、なにを望んでいるのかを。でも、もう理解できない、あなたが……キャーッ！」

妻の悲鳴を耳にして、フォーリーは目を開いた。あふれ出る涙が目にしみる。ついで妻を見た。彼女の両目が大きく見開かれている。もう涙はあふれ出ていない。満足そうな表情を浮かべている。フォーリーは視線を下げた。

ガレージの扉の下から突き出た二本の手がディアドラの両脚をしっかりつかんでいる。その手の爪がくいこんで皮膚を貫いた。血が彼女の汚れた脚から流れ落ちて裸足の足を真っ赤に染めた。

ディアドラは両脚をうしろに強く引っ張られ、前のめりに倒れた。が、間一髪のところで両手を突き出したので、顔面をまともにコンクリートに激突させることはまぬがれた。とはいえ、ゾンビの手が彼女の脚をはいあがって筋肉を引き裂いた。

こうしたことはすべてスローモーションで行われているように見えたが、フォーリーは信じられないといった表情で見つめるしかなかった。

ディアドラは、ゾンビに引き裂かれて顔をゆがめた。

フォーリーとディアドラは顔を見合わせた。彼女は頭を少しかしげて唇を嚙みしめ、片腕をあげた。ガレージドア・オープナーのリモコンがまだ握られていた。

「ジョシーを頼むわよ、フォーリー。守って、わたしたちの娘を」

フォーリーは返事を、異義を、なにかを——なんでもいいから言おうとして口を開いた。が、出たのは言葉ではなく嘆息だった。

ディアドラがガレージから外へ消えた。

フォーリーは妻が引きずり出されるのをなすすべもなく見送った。彼女は無表情だった。助けたかったが、あまりにも手遅れだった。かれはその場に釘付けになったまま、妻が連れ去られるのを見守るしかなかった。

ガレージから引きずり出されたときの彼女の血痕がコンクリートにべっとりついていた。

Ⅵ

ディアドラはガレージから引きずり出されたとき、地面を見ていた。痛みはほとんどなかった。なんだか他人事のよう。肉体の痛みなどそのときの情緒的な感覚とくらべれば微々たるものだった。

彼女はリモコンを掲げ、意識がはっきりしているうちに扉を閉じるボタンを押そうとした。そのとき背中に激痛が走り、あやうく悲鳴をあげそうになった。しかし痛みはそれっきりだった。

あらためてリモコンのボタンを押そうとした。指が動かない。自分の手はただの肉片のように眼前の地面に投げ出されている。もう一度動かそうとするが、やはりできない。突然、自分が仰向けにされたことに気づいた。感覚はいまや別世界のものだった。もはや自分の肉体に痛痒《つうよう》感はない。

空を見つめた。ありえないほど青い。美しい。ゾンビがかたわらにひざまずいて視界をさえぎった。そいつは彼女の脊椎を手にしていて、それにかじりついた。まるで骨をくわえた犬のよう。

ディアドラは悲鳴をあげたかった。顔をそらしたかった……が、できない。

ゾンビが目を覗きこんできた。ディアドラは答えを探した。ゾンビであることのしるしを。これから自分がなるものの正体を。そいつは彼女を見つめた。まったく目をそらさない。そして彼女の脊椎を手放した。

ディアドラにはまだ考える時間があった。わおーっ、それってわたしの背中にあった骨。するとゾンビが手を伸ばして、親指と人差し指を彼女の眼孔に突っ込んだ。目玉がえぐりとられた。奇妙な感じだ。みるみるうちにゾンビが接近してくるのが見えたかと思ったら、世界は暗転した。

ゾンビはディアドラの眼球を口にポイッと放り込んで噛みしめた。目玉から白い液体が噴出して、彼女の顔と唇にかかった。しょっぱくて生温かい。おなじみの味。なにに似ているのか思い出そうとした。そこであるものが頭に閃《ひらめ》いた。それを思いついたからといって、別に驚かなかった。ビンゴ、大当たり！　そのあるものがディアドラの念頭に浮かんだ最後の言葉となった——精液。

眼球の分泌液はザーメンの味がした。

フォーリーはロフトにたたずんで下を凝視していた。

ゾンビが獲物にありついている音が聞こえた。扉を閉じる余裕がディアドラになかったことに気づいたときは、時すでに遅し。

ゾンビがガレージの扉の下を匍匐前進してきた。腹からはみ出た腸をズルズル引きずり、頭をうつむけて、妻の血痕をなめながらはってくる。

そいつは不意に止まって顔をあげると、歯をむきだしにしてうなった。フォーリーは階段をつかんで引っぱりあげ、折りたたもうとした。

ゾンビがすばやく立ちあがった。そしてより大きなうなり声を発し、唇から血を滴らせながら突進してきた。

妻の血だ。フォーリーは、そう思いながら、階段を折りたたもうとして、さらに力をくわえた。が、ゾンビの動きは敏速だった。そいつは階段の端をつかんで下に引き寄せた。

「ダディ」ジョシーが言った。

フォーリーは背後をちらっとふりかえった。娘が眠気まなこをこすりながら、すぐうしろに立っている。

フォーリーは視線を下のガレージに戻した。二体目のゾンビも階段をつかんでいる。

「くそっ」と言って、フォーリーは全力で階段を引っ張った。

「マミーに会いたい」ジョシーが泣き出した。

三体目のゾンビが視界に現れた。フォーリーはハッチの反対側に身体を寄せた。そしてドロップダウン・ドアを支えている金属製の蝶番を見た。かなり頑丈そうだ。だが、その周囲の木はちがう。かれはその部分を蹴りはじめた。大きな鈍い音がした。

ジョシーは父親の行動を見て、さらに泣き叫んだ。

かれはドアの蝶番周辺を蹴りつづけた。階下では足を引きずる音がどんどん増幅していく。もうどのぐらいの数にふくれあがっているだろう？

木の部分が裂ける音がした。ついで鈍い衝撃音が高い音に変化した。さらに強く蹴る。木片が飛び散って、下のガレージに落ちた。がんばりすぎて脚が痛い。

やがて左側の蝶番のまわりの木がダメになった。ドアと階段が傾いた。下でゾンビが引っ張っているので、もうひとつの蝶番も自然と緩んだ。さらに二度ほど強く蹴ると、ドアと階段が落下した。

フォーリーはひっくり返って天井を見つめた。ジョシーの泣き声がつづいている。呼吸を整えようとするが、なかなかむずかしい。意識が遠のき、めまいがして、目を閉じるたびに星がチカチカとまたたく。

しばらく休んでいると、ジョシーの泣き声と階下のゾンビのうめき声とがまざりあって聞こえてきた。

フォーリーは妻を想った。どんなに愛していたことか。微笑んだときの唇のめくれぐあい。愛し合うときの表情。絶頂に達するさいには必ず下唇を噛むアクメ顔。

ふたりが夫婦生活でしてきたあらゆることを想った。彼女のいない自分ってなんだ？　答えは、無だ。自分こそが死に値する。帰宅途中で死んだほうがはるかに楽だった。自分は死んでとうぜんのことをしたんだ。死んだほうがマシだ。立ちあがって、前に足を踏み出し、ガレージに落下するだけでいい。そうすれば、すぐにまた妻といっしょになれる。おれのことを覚えているだろうか？　自分は妻のことを覚えていられるだろうか？　わからない。唯一わかっていることがある。なにがどうなろうとも、いまよりはマシだってこと。

フォーリーは上半身を起こして下を見た。ゾンビたちが重い足取りでガレージ内を歩きまわっている。

妻はすでにやつらのひとりなのか？

視線を走らせて、彼女を探す。視野がかぎられているので見つけられない。

妻が恋しくてたまらない。自分に死をもたらす相手は彼女こそがふさわしい。彼女のひと噛みが許しの秘蹟となる。

フォーリーは両脚をハッチの縁から下に投げ出した格好ですわった。ゾンビは手を伸ばすが、顔をしかめる。あと少しのところで届かない。

フォーリーは自ら身を投じようと思った。目を閉じ、十まで数えて気持ちを落ち着かせようとする。無駄だった。もう一度、ガレージを見おろす。六体のゾンビがいて、かれをつかもうとしている。みなリーチがたりない。

「ダディ」ジョシーが言った。

娘の声に驚いて、フォーリーは前にせりだした。その結果、足が下がって、ゾンビの伸ばした手が足裏にふれそうになった。かれはあわてて引きさがった。

ジョシーが目の前に立っていた。悲しい表情をしている。

「マミーはどこ?」

フォーリーは娘を見た。妻との愛の結晶、ふたりで育んできたもののなかでも最高の存在が涙ぐんでいる。自分のしでかしたゲスな行為については死んでとうぜんだが、娘のためには生きなければならない。ディアドラにうりふたつの忘れ形見のために。ジョシーが生きているかぎり、ディアドラも生きている。娘をあらためて見て、フォーリーの心に愛の灯がともった。

Ⅶ

つづく数日のあいだ、情勢はさらに深刻になった。

あいかわらずゾンビはガレージ内を歩きまわっている。悪臭はたえがたいほどだった。食料はなくなり、わずかだった水もとっくにつきている。

ジョシーは母が恋しいと泣きじゃくった。それがフォーリーにはなによりもこたえた。娘をできるだけあやしたが、ジョシーはおおかたの子ども同様に母親のぬくもりを欲した。

フォーリーは奇跡を期待して、気丈にふるまおうとした。だがけっきょく、ジョシーを抱きしめていっしょに泣いた。といっても涙は出なかった。ふたりとも脱水症状になっていた。

「マミーに会いたい」ジョシーがかすれ声で言った。

「だよな、ハニー。わかってるよ」

「マミーはどこにいるの？」ジョシーはたずねた。

フォーリーはなんと答えたらよいか思案した。なにも言葉が浮かばない。つまるところ、娘を抱きしめて髪を梳《す》いてやるしかなかった。

Ⅷ

その翌日、フォーリーは早く目覚めた。ハッチのところに行って、下のガレージをじっくり観察した。

ゾンビたちは、どういうわけかフォーリーが覗き見しているのを感知して、ハッチを見あげてうなった。

「くたばれ、ゲス野郎」フォーリーは怒りを抑えることができずに金切り声をあげた。ついですばやくうしろをふりむいた。娘を起こしてしまったかもしれない。娘はただでさえ気が動転しているのに、さらに驚かせてはいけない。ぐっすり眠っているジョシーを見て、フォーリーは胸をなでおろした。

フォーリーはハッチから離れた。もはや状況は壮絶悲惨の域を超えている。望んでいた救助はけっして現れない。

ゲイリーと〈ゾンビ処理隊〉はどうしているだろう？　いまだに闘っているのか？一ブロック進むごとに世界を取り戻しているとか？　そうであってほしい。ロカビリー・ミュージックが遠くで鳴り響き、かれらがゾンビどもを蹴散らしながら接近してくる音が聞こえたらどんなにいいことか。

フォーリーは寝ているジョシーに近づいた。

娘はエアマットに横たわっている。呼吸に合わせて小さな胸が上下している。フォーリーはその動きを魅入られたように見守った。そしてディアドラのこと、および自分がしでかしたあやまちを顧みて、基本的には利己的で愚かな自分が妻を殺したのだと思った。自分たちの結婚式やジョシーの誕生、そのほか数多くの楽しかった記憶――ふたりで作った思い出の数々。もはや一家団欒《だんらん》のときを過ごすことはない。家族は崩壊した。自分のあやまちがすべてをだいなしにしたのだ。

フォーリーは眠っている娘を見おろした。とても美しく、純粋無垢、地上に降りた天使とはわが愛娘のことだ。

かなり長い間、娘を見つめているうちに気づいた。もはや小さな胸が動いていない。フォーリーは娘をそっと抱き起こした。ぐったりしている。

「そんな、ジョシー！　嘘だ！」

フォーリーは娘の魂の抜け殻を両腕に抱えて嗚咽をあげた。

これまでずっとおれは、すべては平穏な日常に復帰すると期待を抱いてきた。ディアドラの死には精神的な打撃を受けたが、ある意味、その死は彼女が選んだことだった。ジョシーはそうじゃない。娘はおれを頼りにしていた。にもかかわらず、おれはそれにこたえられなかった。

フォーリーはジョシーをガレージに向かって口を開けているハッチまで運ぶと、その場にへたりこんだ。そして娘をあやすように腕に抱き、顔にかかっている髪を払った。左右に揺らしながら、そっと子守唄を口ずさむ。真下のガレージを見た。ディアドラが立っていて、かれを見あげていた。ほかのゾンビとはちがって、うなったり歯をむきだしたりしていない。ただ見つめている。

フォーリーはほんの少し、妻の死んでいる目を覗きこんだ。なにを思い、なにを感じているのだろう。かれは娘を見つめながら、時が至るのを待った。

IX

ジョシーが目を開いた。フォーリーはその瞳を凝視したが、妻のそれとおなじような白いにごりしか認められなかった。そこで娘を抱きあげて、愛らしい頭を肩に乗せた。娘の小さな歯が首にくいこむのを感じた。ついで生温かい血が首筋を伝い流れた。

フォーリーは眼下にいる妻に視線を向けた。あいかわらずかれのことを見あげている。ジョシーはかれの首を嚙みつづけている。痛みはたいしたことない。ただ悲しいばかり。そして深い良心の呵責、および家族に対する自責の念——自分が家族の破滅の根源なんだ。

おれは病気だ、変態だ。妻と娘の人生をだいなしにしてしまった。死んで贖《あがな》うことができるかもしれない。

意識が遠のきはじめた。嚙み裂かれた傷口から血がドクドクと流れ出た。

「愛してる」フォーリーは娘をしっかり抱きしめると、下で両腕を広げて待ち受けている妻めがけて身を投げた。

後戯

ゲイリーはバスルームで自分の姿を鏡で見た。血だらけだ。シャツの〈ゾンビ処理隊〉のロゴさえほとんど見えない。

これまでかれはこのときを待っていた。死者がよみがえるのを。自分はヒーローになるものと期待していたが、そんなものはもはや夢物語だったことを悟った。死者の世界でなにか期待できるとしたら、自分だけは生き残れますようにということだけだ。

生者たちは圧倒的に形勢不利だ。大都市は死者が生き返ってから三か月で完璧に陥落した。当初はシューティング・ゲームのリアル版としておもしろかったが、たちまち人類滅亡のほうがリアルになった。

〈ゾンビ処理隊〉のメンバーは半数以下になった。殺されたり、トンズラしたりしたからだ。全員が気づきはじめた。この戦いに勝ち目はないと。ゾンビの数が多すぎる。なにしろ実際問題として、毎日人が死ぬ。そもそも人は遅かれ早かれいつかは死ぬ。

そして昨今では、死ねばゾンビになる。ずっとその状態がつづくのだろう。治療法が発見されないかぎり、常に死者のほうが多い。

それでも、ゲイリーはヴァンに乗って外出し、見かけたゾンビを退治している。世界を救うことはできないだろうが、せめて自分の暮らす地域の安全を確保するために最善をつくしていた。

悪臭はたえがたかった。まあ、それは映画やゲームでは体験できないから貴重ではある。腐臭や饐《す》えた臭いが嘔吐をもよおす霞《かすみ》を産出している。まるで宙に漂うスモッグのよう。目と肺が焼けつく。逃れるすべはない。悪臭はあらゆるものにたれこめていた。我慢するしかない。しばらくすると嘔吐は止まる。吐くものがなくなるからだが、それがせめてもの救いだ。そこで出かけてゾンビを始末し、よりよき未来を期待する。

ゲイリーの運転するヴァンは並木路を進んだ。この州に数多くある風景。惨状が繰り広げられるまえは、アメリカン・ドリームのひとつとみなされていた。家庭を持つには完璧な場所だった。砂糖が切れたので貸してください、と隣人に頼めるような場所。それがいまや、荒れ地と化した。草は伸び放題で、害虫やネズミも繁殖している。

「まあ、少なくとも手におえないほどじゃないな」ゲイリーはヴァンの窓から外を眺めながら思った。たしかに終末世界の到来だろう。蚊が伝染病をひろめるという噂が以前からあるが、これまでのところ実証されていない。

インターネットやTVは一か月前から機能していない。しかし昔からある無線機は使用可能で、個人の発信する情報は受信できた。あいかわらずソーシャル・メディアは世界に影響を与えているというわけだ。

情報の送り手はとんでもなくイカレていたが、それを言うなら、受信した内容をなんでもかんでもよろこんで信じるやつらも狂っている。ゲイリーは考えた。ゾンビによる大惨事の発生した日がほんとうに終わりの始まりだったのだろうか？　それとも実際には、それより何年も前のインターネット社会の到来が急転直下の始まりだったのか？

当初、インターネットは人々をより賢く、より知的にし、人々に共通項や愛をより見つけやすくするものだと考えられた。ところが結果として、ゲス野郎や大バカ者が支配し、尊敬される環境を作りあげることになった。

ゾンビによる世界の終末もそれと大差ない。人々はどこが安全な場所かを言い広めるが、実際にはまったく安全でなかったりする。不死者がわがもの顔で徘徊する世界でも、あいかわらず〝釣り〟が健在で、人を混乱させてはよろこぶ輩が多くいる。もちろん、そうした悪質な連中こそが生き残るのだ。

ゲイリーは見覚えのある家の前でヴァンを止めた。以前、ここに来たことがあったのかどうか思い出そうとしたが、遠い昔のことのような気がする。

そのとき、ガレージから男が出てきた。今度は、その男性が知り合いなのかどうか思い出そうとした。が、見まちがえることなく、男はゾンビだった。

ゲイリーは助手席に置いてあるライフルを手にとった。ついで銃身を窓から突き出し、スコープを覗いた。きれいにヘッドショットを決められそうだ。ゾンビはこっちをまっすぐ見すえている。

ゲイリーは引き金に指をかけた。が、なにか心に引っかかる。男はかなり腐乱した状態だった。それでもゲイリーは相手がだれだか認識できた。この大惨事が勃発した夜、ここまでヴァンに乗せて連れて来てやった男だ。

「フォーリー」ゲイリーはだれにともなくつぶやいて、銃身を窓からひっこめた。あの日の晩以降、かれのことはまったく考えなかった。当時の夜のことは、自分はヒーローとして難儀している男を助けてやったという記憶しかなかった。あきらかに、自分はその男を救えなかったのだ。だが今度は救ってやれる。ゲイリーはふたたびライフルをかまえて、スコープを覗いた。

フォーリーはヴァンを見ながら立っていた。突進してこず、歯をむいてうなりもせず、ただ見つめていた。フォーリーの背後でなにかが動いた。成人した女性と幼い女の子だった。ともに腐っている。ふたりはガレージから出てきてフォーリーの横に立った。

ゲイリーはライフルを助手席に置いて窓の外に目をやった。けっきょく、自分はフォーリーを助けたのかもしれない。あの晩、フォーリーが望んでいたのは、家族の待つ自宅に帰ることで、その望みはかなえられたのだ。かれらは世界で起こっている惨状を生き抜くことはできなかったが、ともあれ、少なくとも最後はいっしょに過ごせたのだ、家族として。

ゲイリーはヴァンを発進させ、その場から離れた。ブロックの最後を左折しながら最後にもう一度、窓の外を一瞥した。

フォーリーとその妻、そして娘が向きを変えて、足をひきずりながらよろよろと戻るところだった、ガレージに……わが家に。

〈訳者あとがき〉
トロマ映画も顔負けの悪趣味エログロ・ホラーの快作

マンを自慰しての登場！　いや、もとい、満を持しての登場！

はなからしょっぱいダジャレで申し訳ない。

しかし、本書『ブッカケ・ゾンビ』（*Zombie Bukkake*, 2009）は、その手のくだらないおやじギャグ満載のおバカなエログロB級ホラーなのだ。

たとえば、『悪魔の毒々モンスター』（一九八四）や『テラー・ファーマー』（一九九九）、『チキン・オブ・ザ・デッド　悪魔の毒々バリューセット』（二〇〇六）などの映画、ようするに悪趣味B級映画の帝王ロイド・カウフマン監督――トロマ映画作品が大好物な人なら狂喜乱舞の一冊だ。

もちろん、本書は〈ゾンビ・アポカリプス〉もののホラーなので、映画『ゾンビ・ストリッパーズ』（二〇〇八）や『ストリッパーVS.ゾンビ』（二〇〇八）、『ゾンビハーレム』（二〇〇九）といったエロ系ゾンビ・コメディに食指が動く人向きでもある。
ようするに、B級どころかZ級のサイテー不朽の駄作映画『アタック・オブ・ザ・キラー・トマト』（一九七八）や『キラーコンドーム』（一九九六）、『女子高生チェーンソー』（二〇〇三）などと同様のお下劣カーニバル精神に貫かれているがゆえに、神がかったカルト作品として常世に伝えられることになる（かもしれない）、おバカなゲテモノ小説が本書『ブッカケ・ゾンビ』である。

ここまで悪趣味お下劣B級ホラー映画のタイトルを列挙したが、やはり言葉で紡がれる小説は過激なメタファーやレトリックによって劣悪な感情を刺激することが巧みなあまり映像化がむずかしい場合がある。たとえば、Wicked Horror というホラー映画のサイトに、「過激すぎてぜったいに映画化不可能なホラー小説七冊」（二〇一七年一月二十四日　ナット・ブレマー記）と題されたエッセイが掲載されていた。

その過激ホラーの七冊のうち、すでに二冊は翻訳されている。ジャック・ケッチャム『オンリー・チャイルド』とリチャード・レイモン『殺戮の〈野獣館〉』（いずれも扶桑社海外文庫）だ。ちなみに他の五冊は次のとおり。

カールトン・メリック三世『Apeshit』（二〇一三）。スラッシャー・フィルムのパロディ。『13日の金曜日』＋『ビジターQ』、あるいは『キャビン・イン・ザ・ウッズ』を三池崇史監督レベルのゴア表現にまで高めた作品。

エドワード・リー『Brain Cheese Buffet』(二〇一〇)。これは全九編の中短編集だが、どの作品もエログロ鬼畜系で、『食人族』や『ソドムの市』、『ネクロマンティック』などがお子様向けに思えるほどエログロ、ヴァイオレンス、インモラルな内容。

ブライアン・キーン『Urban Gothic』(二〇〇九)。ウエス・クレイヴン監督の『サランドラ』タイプの作品だが、それよりはるかにお下劣な性的描写に満ちている。

ティム・カラン『Devil Next Door』(二〇〇九)。終末後の世界で生存するための鬼畜行為のさまざまなパターンが生理的嫌悪をおよぼすほどの描写で展開される。コーマック・マッカーシーの傑作『ザ・ロード』より残酷で非情。

そして、ジョー・ネッター『ブッカケ・ゾンビ』である。ピーター・ジャクソンの傑作『ブレインデッド』はスプラッタ映画史上もっとも血糊が使用されたといわれるが、本書が映画化されたら、史上もっとも精液が使用されるスプラッタ映画となるだろう。

余談だが、今紹介したジャック・ケッチャムとリチャード・レイモン、そしてエドワード・リーのハードコア猟奇ホラー御三家が一堂に会した中編アンソロジー『狙われた女』(扶桑社海外文庫)が刊行されている。同好の士はぜひ一読を。

ところでぼくは、このトラッシュ小説『ブッカケ・ゾンビ』との出会いをまったく覚えていない。Twitterを始めた二〇一一年六月に本書を紹介していることだけは記憶にある。そこで検索したら、Togetterに記録が残っていたので、かいつまんで紹介したい。

★otakuやhentai、Kawaiiとともにいまや英語になったBukkake。そのAV業界用語とゾンビものを合体させたトンデモエロ小説があるのを遅まきながら発見。Joe Knetter「Zombie Bukkake」(2009)。Must Buyだと思ったが、アマゾンで5999円！買うべき？

★「Zombie Bukkake」を購入すべし、翻訳すべしといった励ましのレスをいただいた。さらに調査したら、評価が高いことが判明。「ゾンビがイクとは知らなんだ！」ロメロ監督、「みだらで美しい汚物」ジョー・リンチ監督など。なにやらこの作者、タダ者ではない気がしてきた。カルト作家か？

★しかし、「Zombie Bukkake」のJoe Knetterの他の作品もハードコア・ポルノ・ホラーらしく、チンポコ食いちぎり女吸血鬼やチェーンソー娼婦などが大暴れ。レイ・

ガートン『ライヴ・ガールズ』をさらに節操なくした感じかも。それにしても他の作品もペーパーバックで6000円って、ちょっと異常。

★Joe Knetter の短編集「Twisted Lonelines」の序文は、ロブ・ゾンビー監督の傑作「マーダー・ライド・ショー」でも怪演を披露しているシド・ヘイグが書いている。ますます気になる悪趣味変態ホラー作家だ。しかし、金がなくて買えない（泣）。

★かつての職場の戦友であり同好の士でもある白石朗さんならば、S・キング『アンダー・ザ・ドーム』の印税を削ってでも「Zombie Bukkake」を嬉々として購入するにちがいない！ と焚き付けてみる（笑）。

★白石朗氏から突如、郵便小包が届いた。開けてビックリ、Joe Knetter「Zombie Bukkake」だ！ 読む暇ないからお先にどうぞとのこと。ああ、まるでぼくに貸すために購入したかのようではないか。金と人徳、そして翻訳力のある方はすることが余裕に満ちていて粋である。感謝感激。

ここで今気づいた。では、手元にある原書は白石朗氏の所有物か。なんと十一年も返却しないで抱え込んでいたことになる。それともあとになって自分でも購入したのか、まったく覚えていない。

ともあれ、その後のTwitterでは本書のストーリーを一章ごとに毎日更新して紹介している。Twitterを始めたばかりだったので、当時は実にマメにつぶやいていたようだ。

★エロサイトを見ながらセンズリこいて自分の腹にぶちまけ、とりあえず靴下でぬぐっていると、突如、妻が帰宅。やばい！　サイトのXをクリックするが狂ったようにポップアップが！　あわわ、早く消さないと妻がどんどん接近してくる！　すばらしい見事におバカな出だしだ。

★「ラーメン、ソーメン、ぼくザーメン」く、くだらねえー。そんな下ネタのダジャレが頻繁に出てくる予感。読んでるぶんには笑っていられるけど、いざ翻訳するとなるとめんどくさいことときわまりないだろうな。

★主人公はネットでポルノ男優を公募していることを知る。タイトルは「Goth Bukkake」。シリーズとして「Elf Bukkake」（小人もの）「He/She Bukkake」（性転換もの）などがある。オーディションを受けたら合格。そして深夜、ロケ地の墓場に向かう。

★ポルノ女優を墓穴に首まで埋め、54人の男たちが列をなして順番にブッカケだ！

二人の半裸美女がしゃぶったりシゴいたりしてくれて、みんなのナニは怒髪天。顔面シャワーが延々と続くなか、ポルノ女優が突如、絶叫。ついで土中から手が突き出て男の肉棒が引っこ抜かれる。ゾンビの登場だ！

★墓地内の管理人の家に避難。この時点で主人公を含めた生存者七人。例によってアホな奴や性悪な奴、黒人がグループ内にいて内輪もめ。ゾンビ映画の定石どおりに進行。読みどころは、管理人のじいさんの言動。こいつ屍姦マニアの狂人。みんなが窮地に陥っているのに終始センズリをかいている。

といった感じで、ストーリーの最後までを要約している。しかし、ここではネタバレになってしまうので、感想の部分だけを記す。

★「Zombie Bukkake」読了。知的かけらの微塵もないエログロ妄想ゲテモノおバカホラー。訳せば原稿用紙４５０枚ほど。主人公の見る悪夢のなかで、妻がゾンビたちに腐った精液（蛆虫入り）をBukkakeられてドロドロに融けていく場面がタイトルの由来。これ出せる出版社あるかね？

二〇一一年はまだゾンビ・ブームたけなわのころ、どこかで翻訳刊行してくれるだろうと淡い期待を抱いたが、手を挙げてくれる出版社はなかった。ところが、今になって奇特な編集者が登場。その結果、今回の日本語版となったわけだ。

訳者のぼくはもちろんうれしかったが、作者のジョー・ネッターはさらによろこんでくれた。そのことは日本版の本書に寄せてくれた「作者の言葉」として表現されている。

さて紹介が遅くなったが、作者のジョー・ネッターについて。といっても、詳細はわからない。本人から送られてきたバイオグラフィーを参考に記しておく。

一九七六年三月十三日にミネソタ州ロチェスターで生まれる。幼少のころからホラーに魅せられ、驚いたりゾッとしたりすることに興味を抱く。そんなジョーにとっては幸運なことに、少年時代と思春期を八〇年代に過ごす。すなわちホラー・ブーム最盛期であり、しかもヴィデオが普及した時期。近隣のレンタル・ヴィデオ・ショップにあったホラー映画をすべて鑑賞したらしい。もちろん、モダンホラー小説にも開眼。クライヴ・バーカーとスティーヴン・キングの作品に夢中になる。

当然の成り行きとして小説の創作も始める。十一歳の時、飛行機墜落事故を題材にした短編を執筆。その年齢のわりにはよくできた作品だったが、スクール・サイコロジストに呼び出しをくらう。短編の内容があまりにも残虐で暴力的なためにカウンセリングを受けなさいと忠告される。そのときジョーは、「自分は人にインパクトや影響を与えることができるんだ。よし、それを天職とするぞ」と思ったらしい。

長じてネット・サーフィンをしていて、短編を募集しているファンジン系の出版社のサイトに遭遇。当たって砕けろとばかりに四編送ってみた。結果はすべて採用。それに勢いづいて、第一短編集『Twisted Loneliness』(二〇〇二)を刊行。ついで、同じ嗜好の持ち主マット・ジョーゲンサンとの共著短編集『Bodily Fluids』(二〇〇四)、娘のケティー・ジョーとの合作ジュヴナイル・ホラー中編『Trapdoor』(二〇〇六)、そして単独での初の長編『ブッカケ・ゾンビ』となる。残念ながら今日に至るまで、長編は本書だけ。他はすべて短編集である。

ちなみに、タイトルを記しておく。『Vile Beauty』(二〇一一)、『Room』(二〇一二)、『Diabolical Dissertations of the Damned』(二〇一四)。いうまでもなく、収録作のすべてがエログロ悪趣味ハードコア・ホラーだ。

近年のジョー・ネッターは、小説家から映画産業界へ仕事の領域を移し、俳優業(巨漢で坊主頭、髭面でタトゥーありといった容貌から殺人鬼や囚人、狂人、バイカーなどがハマリ役）やシナリオライター、プロデューサーとして活躍している。ことわるまでもなく、かれのたずさわる映画はB級悪趣味鬼畜系ホラーばかり。たとえば、近年では『Blind』（二〇一九）や『Pretty Boy』（二〇二一）、『Nutcracker Massacre』（二〇二二）など。

二度目の奥さんサラ・フレンチとの出会いは、その種のスラッシャー・フィルムでの撮影現場。ジョーが殺人鬼に扮して首をチョッパするスクリーム・クィーンがサラ・フレンチだった。

現在は、その美人妻と一緒に自身のプロダクション〈ネオン・ノワール〉を設立して、ジャーロ・スリラー映画『That's a Wrap』を製作中とのこと。また、ジョージ・A・ロメロ監督が亡くなる前に構想していた〈ゾンビ〉サーガ最終章『Twilight of the Dead』のシナリオライターのひとりとして参加することも決まっている。

クライヴ・バーカーのスプラッタパンクからジャック・ケッチャムのハードコア・ホラー、リチャード・レイモンのゴルノ（ゴア＋ポルノ）・ホラー、そしてカールトン・メリック三世のビザーロ・フィクションへ。それらの潮流に掉をさして、一歩先に進んでいたのがジョー・ネッターだが、惜しむらくはかれの変態カーニバル小説はしばらく読むことができないようだ。

似たような作風の書き手にラース・ジェームズ・ホワイトというビザーロ・フィクション系のヤバイ作家がいるらしい。次はそのあたりを物色してみようかな。といったところで、最後に一冊、興味深い長編を紹介しておきたい。アンドリュー・ヤン『I, Survivor』（二〇一八）である。カバーはとてつもなく地味。中国系の中年男性のモノクロ顔写真だけである。どうやら、著者ヤンの回想録らしい。が、その内容は尋常ではない。二〇〇七年二月のマルディ・グラ祭のとき、ルイジアナ州ハニー・アイランド沼で発生した事件の詳細が記されている。なんと、ひとりの殺人鬼に一夜にして四十人も虐殺されたのだ。その大量連続猟奇殺人事件の唯一の生存者が、アンドリュー・ヤンである。奇跡の生還者が目撃した地獄絵図の一部始終を語り、殺人鬼の正体を暴く。その名はヴィクター・クロウリー！

と、ここまでの内容を読んで、「えっ、その殺人鬼って、ジェイソンやブギーマン、レザーフェイスと並ぶ人間殺戮マシーンのこと？」と喝破したあなた、かなりのスラッシャー映画マニアです。

そう、ヴィクター・クロウリーは悪趣味B級スプラッタ映画『ハチェット』シリーズに登場するモンスター殺人鬼である。そして著者のアンドリュー・ヤンは、シリーズ三作目に脇役で登場し、四作目『ヴィクター・クロウリー　史上最凶の怪人』（二

○一七）では主役を務めている。

つまり、『I, Survivor』は『ハチェット』シリーズ三作目の事件が語られているのだ。で、シリーズ四作目では、その回想録の刊行記念サイン会からストーリーが語られるという趣向。したがって著者アンドリュー・ヤンは架空の人物であり、『I, Survivor』は疑似回想録（あるいは、モックメンタリー）である。虚構が現実を侵犯する見本のようなお遊び本だ。

では、本当の作者は？　『ハチェット』シリーズの監督アダム・グリーンである。ということになっているが、実質上は原案アダム・グリーンで、創作執筆担当はジョー・ネッターである。

そういえば、ジョー・ネッターの腕にはジェイソンやペニーワイズと並んでヴィクター・クロウリーのタトゥーが入っている。

◉訳者紹介

風間賢二（かざま・けんじ）

1953年東京生まれ。武蔵大学人文学部卒。出版社勤務後、幻想文学研究家・翻訳家。著書に『怪異猟奇ミステリー全史』(新潮選書)、『スティーヴン・キング論集成』(青土社)他。訳書に、クーンツ『チックタック』(扶桑社海外文庫)、キング《ダークタワー》シリーズ(角川文庫)他。

ブッカケ・ゾンビ

発行日　2023年2月10日　初版第1刷発行

著　者　ジョー・ネッター
訳　者　風間賢二

発行者　小池英彦
発行所　株式会社 扶桑社

〒105-8070
東京都港区芝浦1-1-1　浜松町ビルディング
電話　03-6368-8870(編集)
　　　03-6368-8891(郵便室)
www.fusosha.co.jp

印刷・製本　株式会社広済堂ネクスト

Printed in Japan
ISBN 978-4-594-09226-9 C0197